*Für meine Eltern*

1. Auflage Dezember 2020

© 2020 Hofmann, Jens
»Hasenbrot und andere weltbewegende Dinge.
Geschichten. Erlebnisse. Gedanken.«
Lektorat: Gesine Kulow
Umschlaggestaltung: piepmatz Design, Sandra Vogel
Layout: piepmatz Design, Sandra Vogel
Satz aus der Minion Pro, InDesign CC
Herstellung und Verlag: BoD – Books on Demand, Norderstedt

ISBN: 978-3-752673-41-8

# Hasenbrot und andere weltbewegende Dinge

Geschichten. Erlebnisse. Gedanken.

Vom Blog zum Buch ...........................................................................11

# ⇒ Frühling ⇐

Wann kommt der Frühling? ...........................................................15
Kirschblütenschneegestöber ..........................................................17
Frühlingskämpfer ............................................................................18
Kohlmeisen im Kirschbaum ...........................................................19
Der verlorene Frühling....................................................................20
Der alte Apfelbaum .........................................................................21
Klatschmohn und andere Farbtupfer............................................22

# ⇒ Sommer ⇐

Auf der Suche nach dem Vulkan....................................................27
Im Roggenfeld..................................................................................29
Regentropfengedanken....................................................................31
Sonnenblumen..................................................................................32
Sommerwiesentraum........................................................................33
Ein Indianer bei der Weizenernte .................................................34
Spinne am Abend .............................................................................35
Stelldichein bei der Wiesenmahd..................................................36
Meerliebe .........................................................................................37
Das Holozän endet im August........................................................38
Spätsommermelancholie .................................................................39
Altweibersommermorgen ...............................................................40

# ⇒ Herbst ⇐

Beutelrehe im Tharandter Wald .......................................... 45
Ein Herbstmorgen in Dresden ........................................... 47
Erkenntnis unterm Apfelbaum............................................ 48
Der alte Birnbaum............................................................ 49
Eine etwas andere Floßkanalfahrt........................................ 51
Herbst auf Hiddensee ....................................................... 54
Spätherbst am Weiher........................................................ 56
Oktoberfrost.................................................................... 57
Das Herbstnebelgespenst .................................................. 58
November Spawned A Monster............................................. 59

# ⇒ Winter ⇐

Der Adventskalender ....................................................... 63
Winterwolken ................................................................. 65
Flockenwirbel.................................................................. 66
Schneegestöber ............................................................... 67
Eine Farbe Grau – Silvester an der Ostsee ................................ 68
Schneemorgen ................................................................ 69

# ⇒ Die Welt um mich herum ⇐

Das Sandalen-Socken-Phänomen ........................................ 73
Die sockenfressende Waschmaschine ................................... 74
Das Beigemysterium ........................................................ 76
Raus aus dem Schrank!...................................................... 77
Jäger und Sammler ........................................................... 79

Teebeutelgedanken ........................................................... 81

Das Zucchini-Phänomen ................................................. 83

Gedanken unterm Fliederbusch ...................................... 85

Elvira ................................................................................ 86

Das Monster unter dem Bett ........................................... 87

Elternabend oder Apocalypse Now ................................. 88

Unbarmherzig nagt der Zahn der Zeit ............................ 91

Ersatzteilkauf .................................................................. 92

Die tödlich verlaufende Männergrippe ........................... 94

Männer und das Salatdilemma ........................................ 96

Verliebtsein ...................................................................... 98

Vom Küssen ..................................................................... 99

Warum man beim Radfahren
nicht seinen Gedanken nachhängen soll ....................... 101

Die Qual des Aufstehens am Morgen ........................... 102

Das Leben ist doch kein Ponyhof ................................. 104

Verlaufen ........................................................................ 106

Verregnete Sonntage – ein Plädoyer für das Lesen ...... 108

Hühnergötter und das Glück ......................................... 110

Das Leben ist schön ....................................................... 112

## ⇒ Erinnerungen ⇐

Kachelofenerinnerungen ................................................ 117

Hasenbrot ....................................................................... 119

Butterbrötchen und Kakao ............................................ 120

Opa Langbein ................................................................. 122

LEGO-Fieber .................................................................. 123

Solche Filme sind noch nichts für dich! ....................... 125

Seelenbaum .................................................................... 127

# ⇒ Geschichten ⇐

Vom Versuch, einen Schmetterling zu zähmen......................131
Die Fliege, die lesen wollte .........................................132
Der Kampf um die Eierschecke .................................134
Gefangen im Licht.....................................................136
So nah und doch so fern.............................................138
Die Wolfsgrube .........................................................140
Die Rückkehr des lilagrünen Steinbeißers ...............143
Wer glaubt denn schon an die Eiskönigin? ............144

# ⇒ Weihnachten ⇐

Unverhoffter Besuch ................................................149
Der Tag vor Heiligabend ..........................................151
Let it snow ...............................................................153
Weihnachtsmorgen im Wald ....................................155
Tim und der Kosmonaut – eine Weihnachtsgeschichte..........158
Heiligabend im Weltall .............................................160
Der Geschenkestress oder:
Warum feiern wir eigentlich Weihnachten? ............163
Kartoffelsalat und Heiligabend – Krieg und Frieden .............165
Last Christmas – alle Jahre wieder ..........................168
Weihnachten in Familie.............................................170
Das Geschenk ..........................................................175

Zum Schluss gibt es noch Schokolade .......................179

# Vom Blog zum Buch

Bereits als Jugendlicher schrieb ich hin und wieder Kurzgeschichten handschriftlich auf Papier. Diese fristeten jedoch viele Jahre ein verstecktes Dasein in der Schublade meines Nachtschrankes. Dann, im Jahr 2010, als es weltweit bereits Millionen Blogs gab, wollte auch ich endlich ins digitale Zeitalter eintreten und startete meinen eigenen Blog. Als Erstes veröffentlichte ich dort eine dieser Kurzgeschichten.

Dabei blieb es aber nicht. Im Sommer desselben Jahres ging ich in den Alpen wandern. Als ich abends in der Ferienwohnung meine Erlebnisse Revue passieren ließ, dachte ich mir: ›Schreib sie doch auf!‹ Und so begann ich, bei einem oder auch zwei Gläschen Obstler meines Vermieters meinen Blog außerdem mit Reiseberichten zu füllen.

Im Laufe der Zeit folgten Gedanken zu alltäglichen Dingen, Weihnachtsgeschichten, Naturbeobachtungen, Fiktionen, Kindheitserinnerungen – einfach alles, was mich bewegte und nachhaltig beschäftigte. Erzählt mit einem Augenzwinkern, aber auch mal nachdenklicher oder ernster, aber nie todernst.

Nach und nach gewann mein Blog mehr Leser, und im Laufe der Zeit wurde der Wunsch nach etwas Gedrucktem lauter. Die Vorstellung, meinen Blog für meine Leser in einem Buch zu verewigen, gefiel mir.

So wählte ich aus meinen Beiträgen 85 Texte aus und lade euch nun herzlich ein, die »Welt um mich herum« zu entdecken.

PS: Wer die Reiseberichte in diesem Buch sucht, wird sie hier nicht finden. Diese sind online unter *www.tomatenhund.de* nachlesbar. Aber vielleicht ist das Stoff für ein eigenes Buch.

*Dresden, Dezember 2020*

# Frühling ——————

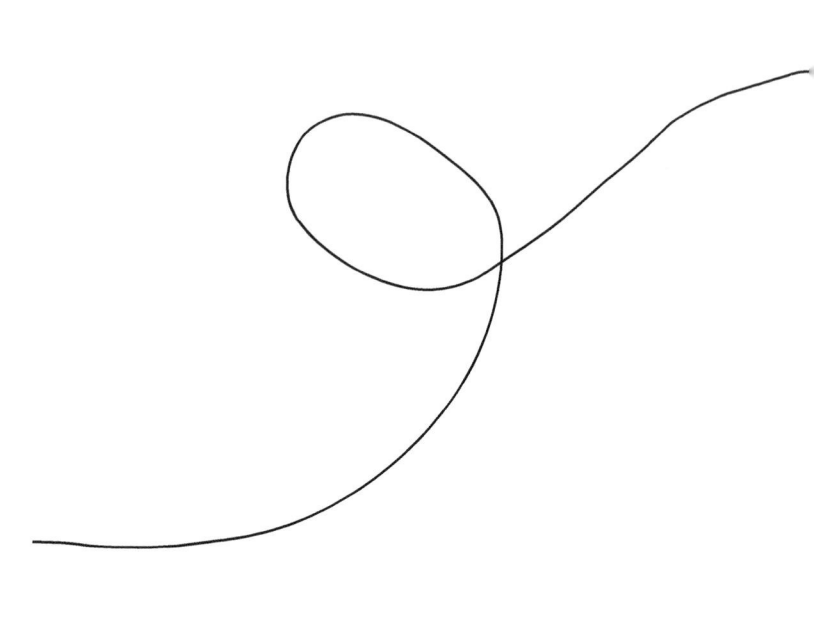

# Wann kommt der Frühling?

Der Frühling beginnt nicht überall zur selben Zeit. Auf der nach Norden gewandten Seite des Waldes, da, wo die Sonne es nicht einmal zur Mittagszeit schafft, ihre Strahlen hinzusenden, liegen Reste von Schnee. Auf der Südseite des Hügels, welche die wärmenden Strahlen von Klärchen in sich aufsaugt, ist schon ein Hauch Sommer zu spüren, bis der eisgekühlte Ostwind diese Gedanken wieder hinfortweht.

Das Schmelzwasser des Schnees versickert im Boden, und die Erde beginnt zu duften. Das graue Fell des Grases wird schon von feinen grünen Strähnen durchzogen. Plötzlich steigen ein paar Heidelerchen aus den Büschen empor und intonieren Strophen eines Frühlingsliedes. Für das bevorstehende Frühlingskonzert müssen sie noch üben, es klingt noch nicht überzeugend.

Weiter hinten liegt ein kleiner flacher See, eigentlich ist es schon mehr ein Sumpf. Aber vielleicht ist es auch ein Sumpf, den die Einheimischen als See bezeichnen. In jedem Fall hat die Sonne das Eis auf dem Sumpfsee schmelzen lassen. Man erkennt noch löchrige Eisreste, aus denen Wasserpflanzen herausschauen. ›Was wohl auf dem Grunde eines solchen geheimnisvollen Gewässers alles liegen mag?‹, denke ich. So ein See verschlingt nahezu alles, was er bekommt. Er verdaut oder verwahrt Dinge über Jahrhunderte, bevor er sie, meistens im Frühjahr, wieder ans Tageslicht lässt: ein klappriges Damenrad (Ist es das von Farin Urlaub?), einen linken Lederschuh, die Leiche eines germanischen Kriegers, eine Holzkiste mit Gold und Geschmeide, Zeugnisse einer unglücklichen Liebe und noch vielerlei Dinge mehr.

Die Sonne sendet ihre Strahlen auf die Bäume und lässt die noch grauen Äste freundlich Bläulich-Rot bis Violett schimmern.

Die Kiebitze sind anscheinend verfrüht aus ihrer Winterresidenz zurückgekehrt, denn sie fliegen etwas kältesteif durch die Luft. Doch wenn man genau hinschaut, erkennt man, wie sich die Weibchen necken und die Männchen zur Schau miteinander kämpfen, als wüssten sie gar nicht, warum sie das tun. Der Frühling bringt nicht nur uns Menschen durcheinander. Überall steigen die Säfte und alles will explodieren, blühen, tirilieren. Man spürt die Kraft der Natur, das Grau zu vertreiben und die Welt mit Farben und Düften auszufüllen.

Während ich weiter am Waldesrand spaziere, gaukelt ein Zitronenfalter im Zickzack vor mir her. Wenig später überholt mich mühsam in Schulterhöhe eine Erdhummel mit lautem Brummen. Ich hätte sie mit einem High five begrüßt, aber sie ist ohne sich umzuschauen, an mir vorbeigeflogen. Ein Lächeln huscht über mein Gesicht. Der Frühling kommt wirklich.

# Kirschblütenschneegestöber

Mitte April versinkt das Land ringsum in einer ausufernden Blütenpracht. Von Schlohweiß bis Purpur findet man an Straßen, Wiesen und Äckern sämtliche Farbnuancen. Auch der riesige Kirschbaum, der im Sommer große schwarze Knorpelkirschen unter seinen Blätterfittichen beherbergt, hat sich in sein weißes Frühlingskleid gehüllt. Eine ganze Woche trägt er es schon. Wenn die Sonne scheint, summt und brummt es in der Luft. Bienen und Hummeln betreiben einen regen Flugverkehr. Doch langsam bekommt das unschuldige Weiß der Blüten gelblichbraune Tupfer. Dann fegt urplötzlich am Nachmittag ein kleiner Sturm durch den Garten. Fast alle Blütenblätter liegen nun am Boden. Ein Kirschblütenschneegestöber. Das hellgrüne Laub übernimmt stetig die Vorherrschaft im Kirschbaum. Bald bilden die Blätter ein dichtes Dach und sind so ein willkommener Schattenspender. Ich träume vom Kirschkernweitspucken mit meinen Kindern. Im Juli, wenn die Kirschen reif sind.

# Frühlingskämpfer

Nach dem Mittagessen spaziere ich meist noch eine kleine Runde um das Areal. Eine knappe Viertelstunde Bewegung, bei der ich als Büromensch die frische Luft genieße. Jetzt, wo es endlich Frühling wird, lasse ich die wärmenden Sonnenstrahlen auf mein Gesicht scheinen. Nur darf ich dabei nicht die Augen schließen, sonst liefe ich vielleicht noch ins nächste Gebüsch. Das ist weder für mich noch für das Gebüsch erstrebenswert.

Auf einer kleinen Brachfläche, unweit der befestigten Wege, kämpft eine blaue Anemone einsam für den Frühling. Stolz und tapfer reckt sie sich der Sonne entgegen. Ein Farbtupfer im Alltag. Mit einem Lächeln im Gesicht laufe ich zurück zu meinem Arbeitsplatz. Dort kämpfe ich dann zwar nicht für den Frühling, dafür mit Excel und anderen Programmen für, ja wofür eigentlich?

# Kohlmeisen im Kirschbaum

Die Spatzen haben den Kampf verloren. Sie mussten den Nistkasten im Kirschbaum räumen. Die Kohlmeisen haben sich ihre Brutstätte vom letzten Jahr zurückerobert. Triumphierend schmettern sie ihr »Zizibäh Zizibäh« in den wolkenlosen Himmel. In sicherer Entfernung sitzen die Spatzen lautstark schimpfend auf dem Schuppendach.

Die Sonne lässt die Knospen des Kirschbaumes langsam öffnen. Bald wird die Brutstätte in einem weißen Blütenmeer versinken. Das Meisenhaus wird dann nur noch schwer zu finden sein. Bald kommen auch die Bienen und hüllen den alten Kirschbaum tagelang in lautes Summen und Brummen. Dabei ahnen die braungelben Pollensammler nicht, dass im Inneren der großen weißen Kugel kleine Meisenkinder heranwachsen.

Doch noch singt die Kohlmeise im fast nackten Geäst ihr Siegeslied, vielleicht ein klein wenig zu hämisch. Doch die Spatzen hören es nicht mehr. Sie haben längst das Weite gesucht.

# Der verlorene Frühling

Erst warteten wir auf den Winter, der dann doch nicht kam. Dann sehnten wir den Frühling herbei. Erst war es lange trocken, dann regnete es, der Wind zerzauste so manch mühsam frisierten Frauenkopf und frisch gescheiteltes Jünglingshaar. Später wurde es warm und plötzlich wieder kalt. Es schien, als wäre Petrus das Rezept für den Frühling verloren gegangen.

Die Vögel fingen bereits an, ihre Nester zu bauen, legten aber, verwirrt durch die Wetterkapriolen, einen Baustopp ein. Doch kaum blinzelte die Sonne zwischen den Wolken hervor, zwitscherten sie wieder ihre Liebeslieder. Jede Vogelart für sich und schon sehr zeitig in der Früh. Ein Krachkonzert, bei dem wir Menschen uns wünschen, der Dirigent möge aus seinen Winterschlaf erwachen. Dennoch lauschen wir jedes Jahr voller Vorfreude den Frühlingsliedern der heimischen Vögel, verkünden sie doch den Beginn der warmen Jahreszeit.

Nach ein paar warmen Tagen strotzt der Apfelbaum voller Saft. Dann kommen die Stieglitze und picken die saftigen Blütenknospen ab. Nach dem Fressen fliegen sie mit einem Sack voller Septemberäpfel in ihren Bäuchen davon. Dabei zwitschern sie, als wäre jede verspeiste Blüte die Note eines fröhlichen Frühlingsliedes.

Während ich noch wehmütig an die geschmälerte Apfelernte denke, lässt sich keine zwei Meter vor mir ein Tagpfauenauge auf dem Weg nieder. Petrus hat das Rezept für den Frühling doch noch gefunden.

# Der alte Apfelbaum

Auf der Wiese steht ein riesiger Apfelbaum. Weil er so alt ist, kann er sich selbst kaum noch tragen. Deswegen hat der Bauer etwa drei Meter vom Stamm entfernt einen dicken Stock als Stütze für den größten Seitenast aufgestellt. Wieder trägt der Baum Blüten. Er gönnt sich kein Ruhejahr.

Andächtig steht er da und setzt Früchte an. Mittags besucht ihn eine Blaumeise, nachmittags kommen die Amseln, und in der Abenddämmerung macht ein Rotkehlchen kurz Rast in den Zweigen.

Manchmal knarrt und seufzt er, wie es eben alte Bäume tun. Heute Morgen ist ein Ast abgebrochen. Er liegt nun wie ein untergehendes Segelschiff im Gras. Dieses Jahr wird es wohl mindestens einen Korb weniger knackige Äpfel geben.

# Klatschmohn und andere Farbtupfer

Die Großeltern hatten die Familie zum Pfingsttreffen zusammengetrommelt. Das sommerliche Wetter passte hervorragend, um sich den ganzen Tag an der frischen Luft aufzuhalten und den unterschiedlichsten kulinarischen Genüssen zu frönen. Für die Kinder wurde die alte Zinkbadewanne aus ihrem Winterschlaf erweckt, und kurze Zeit später plantschte und quiekte der Nachwuchs aus dem Wasserbehälter. Alle waren zufrieden. Zumindest fast.

Mich lockten meine Kamera, der Wald und die Felder ringsherum mit dem Gesumme und Gebrumme der immer emsigen Bienen und Hummeln. Die Rapsfelder waren schon verblüht, das satte Gelb war dem blassen Grün der Schoten gewichen, in denen die kleinen schwarzen Rapskörner heranreiften. Der Weizen wiegte sich leicht im Wind. Am Feldrain kämpften der rote Klatschmohn, die dunkelblauen Kornblumen und die gelbweiße Kamille um die farbliche Vorherrschaft. Etwas weiter am Waldrand blühten die Brombeeren und ließen eine reiche Ernte erahnen.

Mitten im Wald, am kleinen Bach, sonnten sich Libellen auf den ins Wasser hängenden Zweigen der Bäume. Es war fast wie im Märchen. Die Natur hatte mich verzaubert. Doch der Hunger trieb mich wieder in die heimischen Gefilde, wo mich zum Glück schon der Duft gebratenen Fleisches erwartete, denn als Beute hatte ich nur ein paar Fotos mitgebracht.

# Sommer ————

# Auf der Suche nach dem Vulkan

In der Nähe von Großenhain, zwischen Colmnitz und Bauda, nur ein paar hundert Meter von der B98 entfernt, ragt der Colmnitzberg unscheinbar zwischen den Feldern empor. Vor 280 Millionen Jahren war die kleine Anhöhe noch ein explosiver Vulkan. Von Kirschbäumen umsäumt, findet man im Inneren einen Weiher, der vor 30 Jahren noch ein geheimer Badeplatz war.

Doch nun ist das Wasser dunkelbraun. An Badengehen ist nicht mehr zu denken. Grauweiden wachsen am und im Wasser. Andere Bäume sind ins Wasser gestürzt, und so wächst der einstige Steinbruch immer mehr zu. Die Bauern der Umgebung hatten hier früher Brockentuff für ihre Häuser und für Wege abgebaut. Doch nun wird es in vielleicht 500 Jahren hier nur noch ein Moor geben, da immer mehr Pflanzen im Wasser verrotten.

Dieser verwunschen anmutende Platz war heute nun Ziel eines Ausfluges mit meinen Kindern. Picknicken im Grünen. Die Natur beobachten. Beim Spaziergang zum Steinbruch begleiteten uns sattgelb blühende Rapsfelder, und wir begegneten einem Feldsandlaufkäfer.

Nachdem wir uns einen Weg durch dorniges Gebüsch zum Weiher gebahnt hatten, suchten wir uns einen Platz auf der Wiese, um die Picknickdecke auszubreiten. Enten stiegen laut schnatternd in die Luft, Bienen und Hummeln umsummten uns. Kohlweißlinge und Scheckenfalter tummelten sich auf den Blüten. Schnell entdeckte mein Sohn eine größere Fläche mit Taubnesseln, und dann pflückten wir ein paar Blüten und sogen den Nektar aus, ganz wie die Bienen es tun. ›Wir sollten unbedingt einmal Taubnesseltee probieren‹, beschlossen wir. Also sammelten wir noch mehr Blüten.

Plötzlich wurde es dunkel. Die Sonne verschwand hinter den Wolken. Es fing an zu donnern. Schnell packten wir unsere Sachen und machten uns auf den Rückweg. Trocken schafften wir es nicht mehr zum Auto. Halb durchnässt, aber voller neuer Eindrücke, fuhren wir nach Hause. Jetzt konnten wie den Taubnesseltee wirklich gebrauchen.

# Im Roggenfeld

Nur ein paar hundert Meter von der Landstraße entfernt, radele ich über den ausgefahrenen Feldweg. Der Horizont flimmert in der Hitze. Ich ziehe eine mächtige Staubwolke hinter mir her, als wöllte ich eine ganze Armee an Verfolgern einhüllen und mein Ziel verbergen.

Am Wegesrand wechseln sich Rispengras, Trespe und Quecke ab, unterbrochen vom Blau der Kornblumen, dem Rot des Klatschmohns und dem Gelb des Rainfarns. Ein wahrer Farbenschmaus!

Links und rechts von mir wogt der Roggen hellgrün im Wind. Ich halte an und lege mich zwischen die schaukelnden Gräsertürme. Welch Wunder der Architektur, solch ein Halm. Und dann Abertausende davon auf engstem Raum. Ob ein Mensch jemals eine derartige Struktur errichten kann?

Leise säuselt eine Brise durch das Getreidemeer. Ich schnuppere den Duft des unreifen Korns. Einige Schwalben segeln spielerisch über das Feld.

Ich atme tief ein und erinnere mich an die Sommerferien bei meinen Großeltern, als ich mit dem Rad gleich hinter das Dorf fuhr, mich ins Kornfeld legte und den Himmel beobachtete. Dabei versuchte ich, in den Wolkenbergen Tiere zu sehen. Es gab Tage, da schwebte ein ganzer Zoo am Himmel vorüber. Manchmal winkte ein Nilpferd herab oder die Giraffe nickte mir zu. Drei kleine Schimpansen alberten herum und wollten schneller als der Elefant sein, doch der ließ sie nicht vorbei. Das Krokodil hatte irgendwie den Anschluss verpasst und zog mit kurzen Beinen ein Stück hinter den anderen Tieren am Himmel entlang.

Als ein dicker Feldmaikäfer plump auf meinem Gesicht landet, erschrecke ich leicht. Ich muss wohl eingenickt sein. Allertiefste

Zufriedenheit durchflutet mich. Ich blinze gegen die Sonne, lächle vor mich hin, steige auf das Rad und fahre langsam zurück in die Zivilisation.

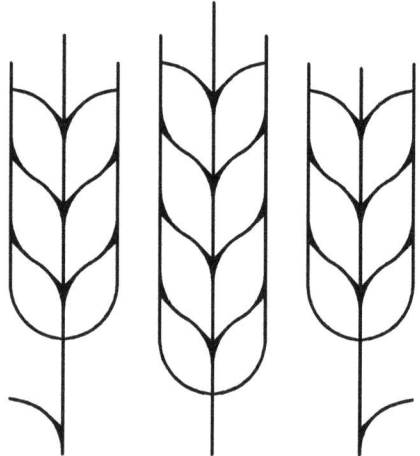

# Regentropfengedanken

Von Westen zieht eine wehende Regengardine durch die Stadt, und ich bin natürlich zu Fuß auf dem Weg nach Hause. Doch so schnell, wie das Unwetter aufzieht, so heftig ist es auch. Der Gewitterguss zwingt mich zu einer Pause, und so stelle ich mich unter ein unglücklicherweise nur wenig hervorstehendes Dach eines Garagenkomplexes. Aber so bin ich wenigstens etwas vor dem Regen geschützt.

Vom Rand des Wellblechdaches perlt das Wasser. Es tropft in die Pfütze vor mir: klock, klock, klock. Fasziniert blicke ich auf die Regenblasen, die sich in Rinnsalen Richtung Straße bewegen, um dort in den Öffnungen des Einlaufgitters in der Kanalisation zu verschwinden. Inzwischen lässt der Regen ein wenig nach. Plötzlich durchschießt mich ein Gedanke: »So wie das Wasser, so fließt auch meine Zeit dahin!«. Schnell weg hier! Weiter durch den Sommerregen nach Hause.

# Sonnenblumen

Es war ein später Sommernachmittag. Die Hitze flimmerte auf der Landstraße. Auf beiden Seiten der Straße wechselten sich die gold- bis blassgelben Felder ab: Weizen, Gerste, Roggen. Farbtupfer waren die saftig grünen Maispflanzen, die erst im Herbst geerntet werden. Ich fuhr weiter und freute mich über die Pracht der Natur und den wundervollen Sommer. Nachdem ich eine kleine Bergkuppe überquert hatte, verschlug es mir dann den Atem: Vor mir lag ein riesiges Sonnenblumenfeld!

Mein Herz pochte gleich schneller, und ich hielt bei der nächsten Möglichkeit an, schnappte meine Kamera und rannte in das Feld hinein. Inmitten der leuchtend gelben Blüten fühlte ich mich ein klein wenig wie Alice im Wunderland, denn kaum eine Blume war kleiner als ich. Gut, es war keine kleiner als ich. Um mich herum summten die Bienen, schwer brummten die Hummeln. Sie waren alle vollgepackt mit Blütenstaub. ›Pollentransportflugzeuge‹, dachte ich und bahnte mir weiter den Weg durch den Sonnenblumendschungel. Ich schaute, staunte und knipste. Ich fühlte mich wie in einer anderen Welt, obwohl ich nur wenige Meter von der Straße entfernt war. In langen Reihen aufgestellt, schauten mich die Blütenköpfe freundlich an. Vielleicht wollten sie mir auch etwas sagen. Ich lächelte zurück. Langsam verschwand die Sonne hinter dem Wald, der an das Feld grenzte. Sie warf ein zauberhaftes Licht auf die Sonnenblumen. Ich verharrte fasziniert.

Wenig später saß ich im Auto und wunderte mich, warum mein Shirt so seltsam gelblich war. Bei meiner Sonnenblumensafari hatte ich jede Menge Blütenstaub gesammelt. Wäre ich eine Biene, könnte ich mir nahrhaftes Bienenbrot »backen«. Doch ich bin keine Biene und fliegen kann ich auch nur in Gedanken. Aber es war ein wunderschönes Erlebnis, und das ist es, was zählt.

# Sommerwiesentraum

Bäuchlings lassen wir uns auf die Sommerwiese fallen, hören das friedliche Gesumme und Gebrumme, riechen Schafgarbe, den Klee, das Gras. Die zitternden Gräser schlagen über uns zusammen. Der blaue Rittersporn hält Wache, das Johanniskraut und der Ginster leuchten Gelb bis in die lichtgrüne Nacht hinein.

Sie stützt ihre Arme auf und beobachtet einen Marienkäfer auf einem schwankenden Halm. Ich schaue eine Weile zu, aber dann übermannt mich die Müdigkeit, und ich schlafe ein. Ich fliege über die Wiese. Immer höher und immer schneller. Am Anfang sehe ich noch die vielen bunten Farbtupfer der Blumen und Sträucher. Bald nur noch einen grünen Fleck. Es geht immer höher und höher. Mir wird langsam kalt. Ich bekomme Angst.

Plötzlich holt mich etwas Unbekanntes aus diesem Albtraum. Sie hat einen Grashalm auf meiner Nase tanzen lassen: »...sechs, sieben schwarze Punkte hat der Käfer. Man könnte denken, es ist der vom vergangenen Jahr. Ein Punkt ist dazugewachsen, so wie der Jahresring für den Baum.« Wir sehen uns an und prusten los.

Um uns ist wieder der lichtgrüne Sommertag mit Rittersporn, Ginster, Johanniskraut und hundertdrei verschiedenen Gräsern.

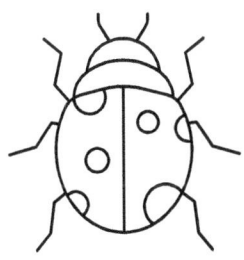

# Ein Indianer bei der Weizenernte

Ich sitze unter dem alten Kirschbaum, der vor dem Ferienhaus steht, und döse vor mich hin. Es ist unheimlich heiß. Wahrscheinlich bin ich etwas eingenickt, denn ich schrecke hoch, als ich ziemlich nah höllischen Maschinenlärm höre. Direkt an der Grundstücksgrenze des Hauses liegt ein Weizenfeld in der gleißenden Sonne. Die flimmernde Luft tanzt vor Hitze über den Ähren.

Der Lärm stammt von einem Mähdrescher, der das Getreide ernten will, bevor die Spatzen sämtliche Körner aus den Ähren stehlen. Langsam und schnurgerade zieht die Erntemaschine ihre Bahn, frisst die ganze Pflanze in sich hinein und lässt aus dem Hinterteil das goldgelbe Stroh auf den Acker fallen.

Ich hole schnell meinen knapp neunjährigen Sohn, damit er dieses Spektakel aus allernächster Nähe beobachten kann. Fasziniert schaut er dem Erntevorgang zu. Kurze Zeit später kommt ein Traktor mit Hänger auf das Feld gefahren und bleibt neben dem Mähdrescher stehen. Aus einem langen Rohr, welches aus dem Mähdrescher ragt, strömen die Weizenkörner im satten Strahl in den Anhänger. Mein Sohn rennt los, geradewegs zum Traktor. Er redet kurz mit dem Fahrer und dann steigt er ein. Er winkt mir zu. Dann fährt das vollbeladene Fahrzeug wieder vom Feld, während der Mähdrescher weiter den Weizen in sich hineinstopft.

Noch dreimal kommt der Traktor und holt die gelben Körner ab. Noch immer sitzt mein Sohn im Traktor und jedes Mal winkt er, wenn er mich am Feldrand stehen sieht. Dann ist das Feld abgeerntet, der Mähdrescher und der Traktor verlassen den Tatort.

Mein Sohn kommt übers Feld gerannt. Der Erntestaub hat sich mit dem Schweiß seines Angesichts vermengt und nun sieht er wie ein Indianer mit Kriegsbemalung aus. Doch er lächelt glücklich und springt in meine Arme.

# Spinne am Abend

Die Abendsonne blendet mich, als ich die Haustür öffne. Wenige Schritte weiter spannt sich das filigrane Netz einer Kreuzspinne zwischen zwei Bäumen. Die darin eingesponnene Wespe wird sorgsam von der Spinne bewacht. Schließlich ist das Spinnennetz Futterfalle und Speisekammer zugleich. Fasziniert bleibe ich stehen und beobachte das Naturschauspiel. Dabei vergesse ich den vollen Mülleimer in meiner Hand.

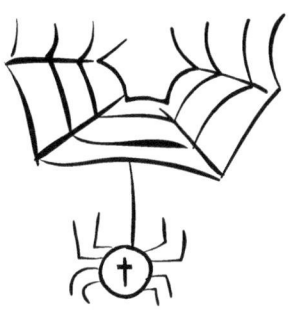

# Stelldichein bei der Wiesenmahd

An diesem Frühsommertag weckt mich der Traktor, der neben dem Haus die Wiese mäht. Es wurde allerhöchste Zeit, denn das Gras war schon knapp einen Meter hoch. Ich schaue aus dem Fenster, blinzle gegen die Morgensonne und entdecke ein Weißstorchpärchen, das in kurzem Abstand hinter dem Traktor entlang schreitet. Sicher hält es nach Mäusen Ausschau, die sich sonst im Schutze des dichten Grases versteckt halten.

Sobald der Traktor am Ende der Wiese wendet, fliegen die rotbestrumpften Vögel kurz auf und landen wieder hinter dem Trecker. Man könnte denken, der Traktorist hat sie als Nachhut engagiert. Doch die Störche sind nicht allein.

Ein Rotmilan kreist über der Wiese. Er fliegt tief, nicht viel höher als die Stromleitungen. Urplötzlich stürzt er hinab, um kurze Zeit später wieder mit einem Nagetier in den Fängen in die Lüfte zu steigen. Ich gehe hinaus und will mir das Spektakel von Nahem ansehen. Inzwischen hat der Traktor schon fast die halbe Wiese gemäht. Die Störche marschieren, noch immer in kurzem Abstand hinter der Maschine her. Am Rand der Wiese lauert der schwarze Nachbarskater auf Beute. Er würdigt mich keines Blickes, obwohl er mich sonst immer mit einem freundlichen Mauzen begrüßt. Aber bei der Nahrungssuche kennt man eben keine Freunde.

Als ich die Wiese betrete, fliegt eine Schar Spatzen erschrocken aus einem Grashaufen auf. Etliche Meter weiter sehe ich einige Amseln, die begierig Würmer aus dem Boden picken. Inzwischen ist der Rotmilan zurückgekehrt und zieht seine immer enger werdenden Kreise über der Wiese. Ich schaue noch eine Weile dem Treiben zu. Dann begebe ich mich wieder nach Hause, wo mich bereits frischer Kaffeeduft erwartet. Anderen bei der Futtersuche zuzuschauen macht nämlich hungrig.

# Meerliebe

Es ist ein warmer Spätsommer. Wir fahren spontan für ein verlängertes Wochenende nach Hiddensee. Einfach mal ausspannen und die Natur genießen. Kaum angekommen, zieht es uns zum Strand. Mit nackten Füßen laufen wir durch den Sand, der die Wärme der Sommersonne in sich trägt. Wir suchen Hühnergötter, sie findet natürlich mehr als ich.

Langsam naht der Abend und wir setzen uns in den Sand und beobachten die Sonne, die wie ein riesiger Feuerball langsam im Meer versinkt. Sie legt ihren Kopf auf meine Schulter, ich halte sie mit einem Arm umschlungen. Schweigend sehen wir auf das Meer. Im flachen Wasser tauchen zwei Enten nach Futter. Köpfchen in das Wasser, Schwänzchen in die Höh'. Genau, wie das Kinderlied es beschreibt.

Gleichmäßig schwappen die Wellen ans Ufer, wie Zungen, die noch Süßigkeiten erhaschen wollen, sich aber dann wieder erfolglos und enttäuscht zurückziehen. Sie hinterlassen feuchten, glatten Sand, auf dem die Möwen sogleich kryptische Botschaften mit ihren Füßen schreiben. Am Horizont tuckert ein Fischereiboot entlang. Als sich einige Haufenwolken vor die Abendsonne schieben, entsteht ein aberwitziges Farbenspiel, sodass selbst das Meer in kitschiger Romantik ersäuft. Sie kuschelt sich noch dichter an mich heran. Es wird frisch, als die Sonne hinter dem Meer verschwindet.

Eine Weile bleiben wir noch sitzen, es ist ein wunderbarer langer Augenblick großer Glückseligkeit, den wir miteinander genießen dürfen. Aber nun wartet die gebratene Scholle in dem kleinen Restaurant direkt hinter der Düne auf uns. Meeresluft und Liebe machen hungrig.

# Das Holozän endet im August

In den Nachrichten sprechen sie von einstelligen Temperaturen bis zum späten Vormittag. Genauso stelle ich mir einen Spätsommermontag im August vor. Als ich vor die Haustür trete, kriecht mir die Kälte zielstrebig unter meinen eilig übergeworfenen Hoodie. Mich fröstelt es leicht.

Sollte ich wirklich schon die Winterjacke hervorkramen? Vielleicht auch gleich den kuschligen Schal, die Pudelmütze und die wollenen Handschuhe? Man weiß ja nie. Vielleicht kommt die neue Eiszeit schneller als gedacht. Schließlich lebt die Menschheit schon ziemlich lange im Holozän. So ein Wechsel des Erdzeitalters geht mitunter sehr schnell vonstatten. Mit diesen spekulativen Gedanken setze ich mich ins Auto und fahre los. Aus den Lautsprechern schallt: »Ich möchte ein Eisbär zu sein, im kalten Polar ...« Der alte NDW-Hit von Grauzone. Wie passend.

Schnell lasse ich die Stadt hinter mir und biege auf das graue Band der Autobahn. Als ich in eine Senke fahre, wirft die Morgensonne ihre zarten Strahlen auf die nebelbedeckten Felder. Ein faszinierender, fast schon kitschiger Anblick, der mir die gestalterischen Fähigkeiten der Natur offenbart. So langsam reift in mir die Erkenntnis: Es wird Herbst in Deutschland und wahrscheinlich beginnt auch eine neue Eiszeit.

# Spätsommermelancholie

Wenn der Wind über das Stoppelfeld weht, ist Herbst, sagte Großvater immer. Heute bestickt nur eine leichtfüßige Brise das blaue Tuch des Himmels mit weißen Wolkenblumen. Vor mir breitet sich das scheinbar unendliche Meer des Sonnenblumenfeldes aus, welches ich bereits vor sechs Wochen bestaunt hatte.

Doch die goldgelbe Blütenpracht ist dahin. Letztens lächelten mich noch Tausende Blüten freudig an, heute lassen sie nur traurig ihre braunen Köpfe hängen.

Bald kommen die großen Mähdrescher und kippen die wertvollen schwarz-weißen Samenkerne in Hänger, denen Traktoren vorgespannt sind. Der Rest der Pflanze landet gehäckselt als Stroh auf dem Feld und wird bald untergepflügt. Weidelgras wird für das nächste Jahr gesät.

Die Vergänglichkeit des Lebens wird mir schlagartig bewusst. Eine leichte Herbstmelancholie erfasst mich. Die Jahreszeiten rennen, und ich erkenne, dass man doch oft innehalten sollte, um wunderbare Momente zwischendurch zu genießen.

Noch immer stehe ich am Rand des Feldes und schaue gedankenverloren über die in langen Reihen leicht wogender Hängeköpfe. Doch dann lächle ich. Nächstes Jahr werden die Sonnenblumen wieder ihre freundlichen Gesichter zeigen. Irgendwo, auf einem anderen Feld, ganz in der Nähe.

# Altweibersommermorgen

Heute, ganz früh am Morgen, als die meisten Menschen noch schliefen, haben die Elfen und Zwerge ihre Gespinste über die Wiesen, Bäume und Sträucher gelegt. Zumindest erzählen dies die Erwachsenen den Kindern.

Läuft man dann noch etwas schlaftrunken durch die Natur, verfängt man sich in diesen Gespinsten, die auf der Haut kleben bleiben, meistens natürlich im Gesicht. Dabei sind es nur die Spinnfäden, mit denen junge Webspinnen Ende September bis Anfang Oktober durch die Luft segeln. Am auffälligsten sind die Fäden am Morgen, wenn Tausende Tautropfen an ihnen hängen und im Licht der Morgensonne zauberhaft glitzern.

Doch auch die Netze anderer Spinnen glänzen im Morgentau, und auf Blüten und Blättern sammeln sich Tropfen zu kleinen Seen. Die Natur erscheint in einem sagenhaften Licht, bei dem man fast glauben könnte, dass Wunder doch wahr werden können. Wenn man nicht mehr an Wunder glaubt, dann kann man zumindest einen warmen, frühherbstlichen Tag erwarten.

Herbst ———————

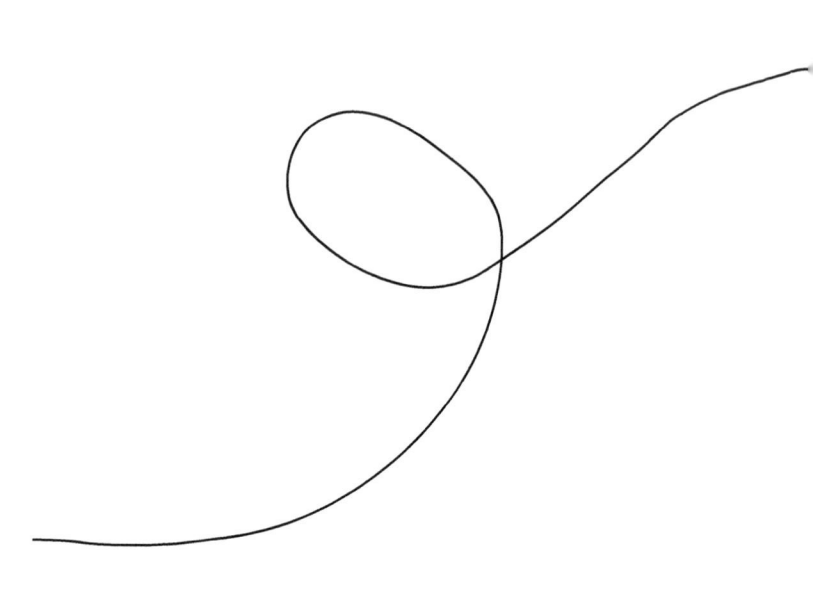

# Beutelrehe im Tharandter Wald

Es versprach wieder ein hochsommerlicher Tag zu werden. Also ab in den Wald, dort ist es nicht so heiß, man bewegt sich und sieht allerlei Tiere und Pflanzen. Das Ziel war diesmal der Tharandter Wald.

Zuerst ging es über den Komiteeflügel und später den B-Flügel hinunter zum Alten Seerenteich. Dieser empfing uns mit einer geheimnisvollen Aura, er hat etwas Verwunschenes, da er von drei Seiten zugewachsen war. Höchst romantisch.

Wenig später erreichten wir den Großen Seerenteich, der etwas nüchterner daherkam. Dafür gab es gar lustige Verbote, so zum Beispiel: »Den Badenden ist das Herumlaufen auf Verkehrswegen und der Schankstätte verboten«. Das hatte dann doch etwas Nostalgisches.

Von dort ging es dann über die Wüste Mark Warnsdorf mit der Warnsdorfer Quelle und den Borschelweg zurück zum Parkplatz.

Unterwegs gab es natürlich jede Menge Schmetterlinge zu bewundern, auf den Teichen zahllose Libellen in vielerlei Farben, Käfer, Nacktschnecken und eine Gattung, die ich bisher noch nicht kannte: die Beutelrehe.

Diese doch recht seltenen Exemplare findet man in den Wäldern, vor allem in der Pilzzeit. Meist sind es männliche Vertreter, die bereits ein stattliches Alter erreicht haben. Aufgrund ihrer Gebrechlichkeit sind sie sehr langsam unterwegs. Man trifft sie selten auf den Waldwegen, sondern eher im Dickicht der Wälder. Ihr Name kommt von den naturfarbenen Baumwollbeuteln, welche sie um den Hals hängen haben, in denen sich der Nahrungsvorrat, also die gesammelten Pilze, befinden, die dann später in ihren Behausungen vertilgt werden. Auf Fotoapparate reagieren Beutelrehe übrigens aggressiv.

So habe ich zwar keine Fotos von dieser Begegnung, aber mir bleibt die Erinnerung an eine sehr schöne Wanderung. Nur drei mittelgroße Braunkappen brachte ich mit nach Hause. Getrocknet werden sie später die Soße zum Schweinebraten würzen.

# Ein Herbstmorgen in Dresden

Wie jeden Wochentagmorgen lässt mich das Bett nur schwer los, aber nach einigem Dösen stehe ich dann doch auf und mache mich anschließend auf den Weg zur Arbeit. Heute ist irgendetwas anders. Mit noch halbgeschlossenen Augen, in Gedanken im kuschelig warmen Bett, nehme ich wahr, dass es heute noch nicht so richtig hell ist.

Nebel wabert über die Elbwiesen. Verschlafen blinzeln mich die Elbschlösser auf der anderen Seite des Flusses an. Es herrscht morgendliche Ruhe. Nur hier und da zwitschert zaghaft ein Vogel. Die Bäume zeigen leise raschelnd ihr rot-gelb-braunes Gefieder, welches feucht vom Reif glänzt. Hier und da stehen zartblaue Wegwarten am Straßenrand und nicken sanft mit ihren Köpfen.

Je näher die Innenstadt kommt, desto lichter wird der Nebel. Die Sonne erkämpft sich ihre Tagesherrschaft. Der Lärmpegel steigt. Autos brausen über die Straßen und stehen dann doch im Ampelstau. Radfahrer schlängeln sich durch den Verkehr. Eine Straßenbahn quietscht um die Kurve.

Dann endlich bin ich im Büro angekommen. Inzwischen bin ich ein klein wenig wacher und erkenne: Der Herbst ist da!

# Erkenntnis unterm Apfelbaum

Die Zweige des Apfelbaumes ächzen schwer beladen fast bis ins Gras hinab, obwohl den Früchten noch die letzte Herbstsüße fehlt. Der Sturm letzte Woche hat fast alle Blätter vom Baum gefegt. Nun hängen die leuchtend roten Früchte wie Weihnachtskugeln an einem Tannenbaum. Nur das Lametta und die Kerzen fehlen.

Mein Sohn steht unter einem Ast, reißt einen Apfel ab, beißt hinein, schüttelt sich mit säuerlicher Miene und wirft ihn ins Gras. Die Wiese liegt voller angeknabberter roter Kugeln. Ich bücke mich nach einem heruntergefallenen, vom Star angehackten Apfel. Mit dem Taschenmesser schneide ich den angepickten Fleck weg und halte meinem Sohn die Frucht hin. »Den soll ich essen?«, fragt er skeptisch. Doch nach einem ermunternden Nicken meinerseits nimmt er den Apfel und beißt in das Fruchtfleisch. Er lächelt und isst den Apfel bis auf den Griebs auf. »Wieso schmeckt der und die anderen nicht?«

»In Sachen Apfel scheint der Star klüger zu sein als wir Menschen«, antworte ich, während mein Taschenmesser bereits den nächsten Apfel bearbeitet.

# Der alte Birnbaum

Mitten in der großen Stadt in einer Seitenstraße, an einem Haus, bei dem die Eingänge im Hof sind, wächst ein alter Birnbaum. Seine mehlig schmeckenden Früchte hängen so hoch, dass man sie ohne Leiter nicht erreichen kann. Deshalb fallen Jahr für Jahr die Früchte auf den Rasen und sind dort eine willkommene Mahlzeit für unsere tierischen Freunde: Bienen, Hummeln, Hornissen, Fliegen, Schmetterlinge, Schnecken, Ameisen, Elstern, Grünspecht, Buntspecht, Gartenbaumläufer, Meisen, Finken, Eichelhäher, Mäuse, Eichhörnchen, Igel. Alle habe ich sie naschen sehen und hören. Gut, gehört habe ich nur den Igel, weil er so laut schmatzte.

Im Frühjahr verwandelt sich der Baum für eine reichliche Woche mit seinen Tausenden leuchtend weißen Blüten in eine riesige Schneekugel und lockt dabei jede Menge Bienen und Hummeln an. Das Gesumme und Gebrumme klingt wie ein sanfter Frühlingsregen, der an die Fensterscheiben trommelt. Tage später, wenn die Blütenblätter auf den Boden fallen, gibt es ein Birnenblütengestöber. Schneefall Ende Mai ist nur in dieser Form schön.

Jetzt, wo der Baum schon sehr alt ist und ich jeden Herbst und Winter bei Sturm bange, dass er umknickt, haben der Grün- und der Buntspecht jede Menge Arbeit. Das stetige Klopfen sagt mir, dass es für die gefiederten Zweibeiner reichlich Futter gibt. Interessant ist, dass die Spechte nie gemeinsam trommeln. Jeder möchte sein Solo für sich beanspruchen.

Wir wohnen im 1. Stock und oft stehe ich am offenen Fenster und schaue auf den Baum, der direkt vor dem Fenster steht, und beobachte das emsige Treiben. Es ist höchst interessant, was da alles so passiert. Man muss nur genau hinsehen und hinhören.

Jetzt im Herbst verfärben sich die ledrigen Blätter langsam und bald werden sie auf den Rasen fallen. Dann gibt es nur das Geäst, welches in der Dämmerung recht gruselig aussieht, besonders, wenn ein leichter Wind die Äste und Zweige leicht auf- und niederwippen lässt.

Ich bin sehr gespannt, ob der Baum den Winter überlebt. Meine Hoffnung ist groß, denn im Frühjahr möchte ich wieder das emsige Treiben am, im und unter dem Baum erleben. Natur kann so wunderschön sein, gerade, wenn sie direkt vor der Haustür steht.

# Eine etwas andere Floßkanalfahrt

Der letzte Tag im Oktober lockt mit fast sommerlichen Temperaturen und viel Sonnenschein. Die Fahrräder sind schnell gesattelt, die Kinder voller Energie und begierig auf das versprochene Eis auf der Hälfte der Tour.

Startpunkt ist Glaubitz, eine Gemeinde zwischen Riesa und Großenhain. Zuerst radeln wir nach Radewitz, einer Eingemeindung von Glaubitz. Gerade haben wir das Ortschild passiert, biegen links ab, fahren am Gebäude der Feuerwehr vorbei, entlang des verschilften Dorfteiches bis zum Wald. Nach ein paar hundert Metern fahren wir wiederum links zur Gemarkung Marksiedlitz. Dort gibt es den ersten Zwischenstopp. Grund sind etliche Nandus, die sich mit Hühnern zwei große Freigehege teilen. Der südamerikanische Laufvogel ist ein gutes Stück kleiner als der Strauß, dafür aber deutlich zutraulicher. Die Kinder sind fasziniert.

Weiter geht es auf dem Radweg, nun entlang des Elsterwerda-Grödel-Floßkanals. Mit 22 Kilometern ist er der längste Kanal Sachsens. Der Floßgraben ist stellenweise dicht mit Schilf umwuchert, sodass man nicht immer das Wasser sehen kann. Idyllisch schlängelt sich der Weg meist alleeartig durch die Landschaft. Mein elfjähriger Sohn, der immer ein Stück vorneweg fährt, winkt uns heran. Er hat Riesenschirmpilze entdeckt. Direkt am Wegesrand. Der Parasol, wie er auch genannt wird, schmeckt zwar lecker als Schnitzel zubereitet, aber wir haben weder Messer noch Beutel in unserer Ausrüstung, und so lassen wir die Minisonnenschirme stehen.

Bei Streumen überqueren wir die Straße, und ein Schild warnt uns vor Biberlöchern auf dem Radweg. Dabei dachte ich immer, Biber nagen nur an Bäumen und höhlen keine Wege aus, um arglose Radfahrer in die Tiefe stürzen zu sehen. Außerdem stehen in Abständen Hinweisschilder, dass keine Graskarpfen dem Kanal entnommen werden dürfen. Doch da besteht keine Gefahr, wir haben ausreichend zu Mittag gegessen. Dennoch begegnen wir zahlreichen Anglern auf unserer Fahrt. Alte Schuhe werden sie wohl nicht angeln wollen.

Wir radeln weiter, vorbei an leuchtend roten Hagebutten, an mit Efeu umrankten Uferbäumen. Das Schilf raschelt leise im Wind. Einige tote Bäume ragen gespenstisch in den Himmel. Meine achtjährige Tochter schlägt sich tapfer auf dem mindestens dreißig Jahre alten MIFA-Klapprad. Das versprochene Eis motiviert. Wir kommen den Koselitzer Teichen immer näher. Wir sind jetzt mitten im Wald und rechts neben uns liegt still der Floßkanal.

Wir biegen rechts ab, überqueren eine kleine Brücke und verlassen den Kanal. Nun liegt ein großer Teich vor uns. Wir halten an. Sogleich kommen fünf halbwüchsige Schwäne auf uns zu. Laut fauchend begrüßen sie uns. Wie kleine Drachen klingen sie, nur, dass aus ihren Schnäbeln kein Feuer hervorschießt. Vielleicht haben sie auch nur Hunger. Wir schwingen uns wieder auf die Räder und fahren die Dorfstraße in Koselitz bis zur Eisdiele. Dort angekommen, müssen wir uns an der langen Menschenschlange anstellen, die bis zur Eisausgabe am Fenster des Wohnhauses reicht. Das weckt Kindheitserinnerungen.

Nachdem das Vanille-Schoko-Softeis bzw. die Erdbeerkugel aufgeschleckt sind, fahren wir die Dorfstraße weiter in Richtung Streumen. Auf halbem Weg biegen wir wieder auf den idyllischen Kanalradweg. Der Wind hat zugenommen und die Sonne will schon langsam untergehen, ein kalter Hauch streift uns. Meine

Tochter hat mit dem schweren Rad zu kämpfen. Wir singen ein paar Lieder, um sie von der Strapaze abzulenken. Mein Sohn wartet an der Stelle, wo wir auf dem Hinweg die Riesenschirmpilze gefunden hatten. Er ist sichtlich enttäuscht. Jetzt stehen nur noch die Stiele. Da hatte wohl jemand Pilzschnitzelhunger.

Wir treten weiter in die Pedale, vorbei an den Nandus, nach Hause zu Oma und Opa. Nach 20 Kilometern einer landschaftlich sehr reizvollen Tour bin ich ziemlich glücklich und meine Tochter kaputt. Für sie war es die erste lange Fahrt und dann mit einem solch störrisch schweren Drahtesel. Ich bin stolz auf sie. Mein Sohn blättert sogleich im Lexikon. Hoffentlich will er jetzt keine Nandus züchten.

# Herbst auf Hiddensee

Längst haben die Sommerausflügler die Insel verlassen. Der Sturm hat die Blätter von den Bäumen gepustet. Die Zugvögel üben den Formationsflug für den Weg in südliche Gefilde. Es ist Herbst auf Hiddensee. Der richtige Zeitpunkt, um dem Alltag für ein paar Tage zu entfliehen, ist gekommen.

Ein Kurzurlaub auf der Ostseeinsel sollte uns dabei helfen. Kaum haben wir die Taschen in der Ferienwohnung in Vitte verstaut, geht es hinunter an den Strand. Die Ostsee empfängt uns mit Windstärke acht, das Tosen der Wellen ist ohrenbetäubend. Wir ziehen die Kapuzen noch tiefer ins Gesicht und halten uns gegenseitig fest. So kann uns nichts passieren. Wir schauen auf die Wellen und sehen am Horizont die Sonne blutrot im Meer versinken.

Der nächste Tag beginnt mit dem herrlichsten Sonnenschein. Der Sturm hat nachgelassen. Wir machen uns auf den Weg in Richtung Kloster, um den Leuchtturm Dornbusch zu besteigen. Wir haben gerade noch Glück, dass uns der Leuchtturmwärter aufgrund des Sturmes noch auf die Aussichtsplattform lässt. Später steigen wir an den Strand hinab und laufen die fünf Kilometer am Strand entlang zurück nach Vitte. Wir suchen Hühnergötter. Sie findet viel mehr als ich. Aber immerhin kann ich am Ende der Wanderung auch vier Stück mein Eigen nennen. Ein kleiner Trost.

Am folgenden Tag machen wir uns auf den Weg Richtung Neuendorf, wir wollen das Leuchtfeuer Gellen sehen. Dies ist ein kleiner Leuchtturm, der gerade mal 12 Meter hoch ist. Von Vitte aus gehen wir durch eine malerische Heidelandschaft, immer mit Hörkontakt zur Ostsee. Es ist sehr faszinierend, nur das Tosen der See zu hören und dabei durch riesige Erikafelder zu wandern. Nach wenigen Kilometern kommen wir nach Neuendorf mit seinen vielen neuen Häusern, die meist nur über eine Wiese zu erreichen sind.

Als wir den Ort verlassen, säumt ein Kiefernwald unseren Weg. Nach reichlich zwei Kilometern sehen wir das Leuchtfeuer zwischen den Kiefernwipfeln hervorlugen. Auf der Wiese gegenüber dem Kiefernwald haben unzählige Wildgänse Halt gemacht. Ich versuche mich heranzupirschen, um sie von Nahem zu sehen, doch sie ergreifen fliegend die Flucht. Ein atemberaubender Anblick. Nach Hause geht es bei ziemlichem Sturm erst den Sandstrand entlang, der später von steinigen Abschnitten abgelöst wird. Natürlich findet sie wieder einige Hühnergötter. Ich habe ihr dann in der Ferienwohnung dennoch einen Kaffee gekocht.

Am nächsten Morgen geht es schon wieder nach Hause. Die Fähre legt pünktlich 10:15 Uhr in Richtung Festland ab. Die Kapuzen tief ins Gesicht gezogen, stehen wir an Deck und schauen wehmütig zur immer kleiner werdenden Insel zurück. »Vielleicht bis nächstes Jahr!«, rufen wir leise übers Meer.

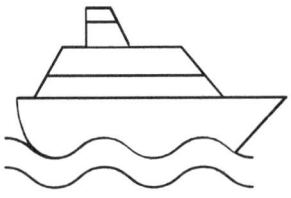

# Spätherbst am Weiher

Mein Spaziergang führt mich über die herbstlichen Wiesen vorbei an abgeernteten Feldern hin zum nahen Wald. Als ich nach vorn blicke, sehe ich, wie der Nebel behäbig wabernd auf die Erde fällt und die Landschaft langsam auffrisst. Das Gras glänzt in der schräg stehenden Abendsonne, die auch bald von den Nebelschwaden verschlungen wird. Eine Schar Spatzen stiebt laut schimpfend aus dem nahen Heckenrosengebüsch.

Ich erreiche einen kleinen Weiher, dessen Wasser so klar ist, dass man bis auf den Grund schauen kann. Alles, was im Sommer im Wasser schwebte, ist zu Boden gesunken und liegt im grauen Moder. Aber im Frühjahr entschweben dem Sumpf die blauen Libellen. Dann bin ich auch wieder hier und beobachte die vierflügeligen Wesen, wie sie am Gewässerufer patrouillieren und sich danach auf den Gräsern in der Sonne tummeln. Ein ewiger Kreislauf der Natur, der Futter für meine Seele ist.

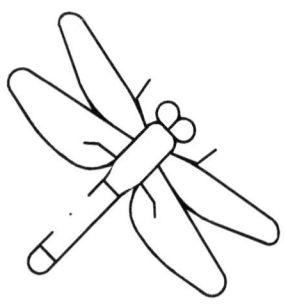

# Oktoberfrost

Gerade einmal zwei Wochen ist der schwüle Altweibersommer vorbei, da kommt der Herbst mit viel zu großen Schritten auf uns zu. Heute Nacht kam der erste Frost, welcher im Garten vielen Pflanzen den Erfrierungstod brachte. Welk, aber mit einem filigranen Raureiffilm umhüllt, liegen die großen Zucchiniblätter auf der Erde darnieder. Einige winterharte Blumen haben dem Kälteanschlag getrotzt und überlebt.

Kaum ist die Nacht vorüber, drängelt sich die Sonne in den Tag und lässt die Raureifwiesen wie große, mit Puderzucker bestäubte Kuchenbleche erscheinen. Draußen ist es noch immer still und eisig kalt. Nun haben wir Gewissheit: Der Sommer hat sich für dieses Jahr endgültig verabschiedet.

# Das Herbstnebelgespenst

Müde stehen die Weiden und Schwarzerlen am Rande des Sees. Im Sommer spiegelten sie sich mit ihrem prächtigen Laubkleid im Wasser. Jetzt sind sie kahle Gerippe aus Ästen und Zweigen. Der Herbst hat das Wasser des Sees altern lassen. Blätter schwimmen darin und bilden eine blasse gelb-rot-braune Wasserwiese. In der Nähe spottet der Eichelhäher laut sein »Gärr-Gärr«. Wahrscheinlich häht er gerade Eicheln?

Auf der anderen Seite des Sees hämmert ein Buntspecht Morsezeichen in einen Stamm. Ein winziger Farbklecks an diesem grauen Tag. Ich versuche, die Klopfbotschaft zu entschlüsseln, doch ich bin eben kein geübter Funker und erkenne keine Meldung. Bestimmt meißelt er den neuesten Waldtratsch in die mürbe Rinde.

Langsam bricht der Abend herein. Der Nebel kriecht aus den Büschen, wie ein lautloses Gespenst. Ein Gespenst, das wie der süße Brei immer mehr und größer wird. Wenn ich jetzt nicht weiterlaufe, wird es mich verschlingen, und ich werde niemals den Weg nach Hause finden. Die Nacht wird sicher sehr dunkel, denn die Wolken lassen weder Mond- noch Sternenlicht durch. Der Nebel tut sein Übriges.

Ich gehe schneller. Inzwischen sind auch die Vögel verstummt, die Nebelschwaden haben die Herrschaft über die Landschaft übernommen. Der Weg in die Zivilisation erscheint mir endlos, und ich hoffe, dass ich in der Dunkelheit nicht falsch abbiege.

Nach etlicher Zeit sehe ich ein mattes gelbes Licht, das sich bald als Straßenlaterne entpuppt. Ich habe es geschafft, ich bin den Fängen des Herbstnebelgespenstes entkommen. Ob es Schweiß oder Nebel ist, den ich mir nun von der Stirn wische, ist mir jetzt auch egal.

# November Spawned A Monster

Der Sturm peitscht den Regen unregelmäßig ans Fenster. Der Wind faucht um das Haus, und manchmal flackert die Kerze ein wenig. Aber vielleicht bilde ich mir das auch ein. Ich schaue aus dem Fenster und sehe in der Dämmerung, wie der Sturm an den Ästen und Zweigen des Spitzahorns zerrt und dabei die letzten Blätter abreißt, die dann über das Haus gewirbelt werden. Nun ist der Baum endgültig kahl. Wie ein bizarres Gerippe steht er in der Landschaft mit seinen Hunderten hin- und her wiegenden Armen. Ein wenig gruselig ist das schon.

›November Spawned A Monster‹, summe ich mit dem Blick aus dem Fenster. Dieser Song von Morrissey, dem Altmeister der schwermütigen Musik, schreibt den vollendeten Soundtrack für diesen stürmischen und verregneten Herbsttag. Perfektion in Vollendung.

In der Küche kocht inzwischen das Teewasser. Ein kräftiger Kräutertee sollte mir jetzt guttun. Außerdem warten der Sessel und das Buch »Die seltensten Bienen der Welt« von Dave Goulson auf mich.

Wenige Minuten später sitze ich entspannt im Ohrensessel, das Buch in der Hand. Neben mir der dampfende Tee, der Regen klopft an die Scheiben, der Sturm saust um das Haus. Hier und jetzt habe ich ein kleines bisschen Novemberglück gefunden und kein Monster ist weit und breit zu sehen. Morrissey hat eben nicht immer recht.

Winter ——————

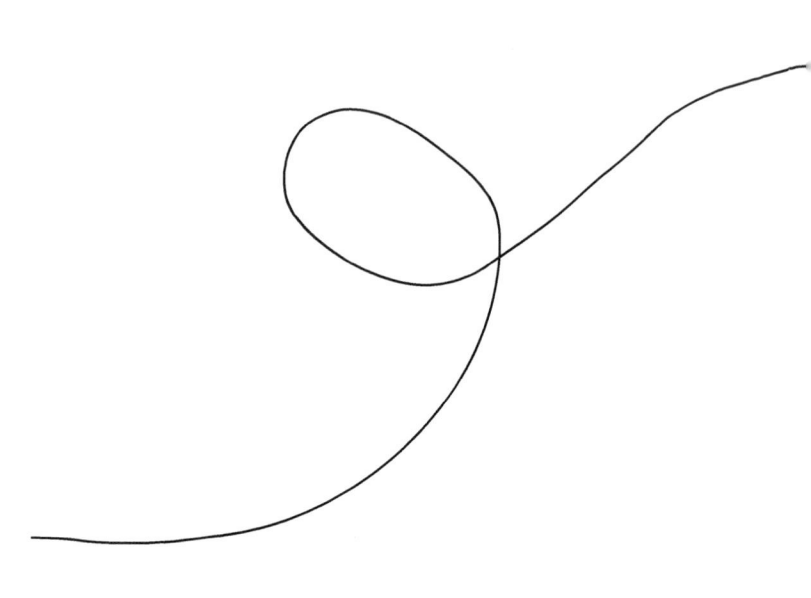

# Der Adventskalender

Heute ist es endlich soweit: Ich kann das erste Türchen des Adventskalenders öffnen. Aufgrund ernährungstechnischer Erziehungsmaßnahmen beinhaltet er keine Süßigkeiten, sondern er ist ein richtig altmodischer Kalender aus Karton mit einem gezeichneten nostalgischen Weihnachtsmarkt als Motiv. Das sind die, bei denen der Schnee auf den Dächern der Buden leicht glitzert.

Fasziniert schaue ich auf das bunte Treiben und plötzlich höre ich leise die simple Melodie des Karussells, die sich mit den freudigen Rufen der kleinen Menschenkinder mischt, die in Feuerwehrautos oder auf Schwänen sitzen. Ich lächle.

Der unwiderstehliche Duft gebrannter Mandeln umschmeichelt meine Nase. Er stammt von dem Stand auf der linken Seite des Marktes, dort, wo auch die große Zuckerwattemaschine steht. Mir läuft das Wasser im Munde zusammen. Gleich daneben werden süßlich riechende Bratäpfel feilgeboten. Von der Bude gegenüber vernehme ich holzkohlegebratenen Fleischduft. Mein olfaktorisches Zentrum schlägt Purzelbäume.

Mein Blick schweift weiter über den Markt. All die Pflaumentoffelverkäufer und Kerzenhändler interessieren mich nicht. Viel lieber lasse ich mich von dem gar lieblichen Duft frischer Pfefferkuchen umsäuseln. Am liebsten habe ich die mit Kirschmarmelade gefüllten Spitzen.

»Der Naschschrank bleibt zu!«, vernehme ich eine strenge Stimme direkt hinter mir. Ich schrecke auf. Die Frau reicht mir wortlos meine Frühstücksdose, welche mit zwei, dünn mit Butter bestrichenen Scheiben Vollkornbrot, Möhrenstiften und einem Chicorée gefüllt ist. »Hier ist noch ein Apfel für den Nachmittag«, sagt sie gönnerhaft und reicht mir das Kernobst.

Heute Abend werde ich sie wohl zu einem Glühwein auf den hiesigen Weihnachtsmarkt einladen. Dann kaufe ich uns noch eine Tüte warme gebrannte Mandeln, das kann sie mir dann sicher nicht abschlagen.

# Winterwolken

Der Himmel strahlt tiefblau an diesem Dezembernachmittag. Große weiße Haufenwolken ziehen wie ein Zug mit ausladenden, dick gepolsterten Waggons im Eiltempo lautlos am Himmel entlang. Keine Lichtsignalanlage, kein Bahnhof hält sie auf. Am Himmel gibt es keinen Stau. Freie Fahrt für die Wolkenbahn!

Doch langsam nimmt das Tempo des Wolkenzuges ab. Die Waggons sind nun dunkler geworden. Der Himmel hat sein strahlendes Blau gegen ein tristes Grau getauscht. Jetzt bewegen sich die Wolken kaum noch. Gibt es doch Stau auf der Wolkenschienenbahn oder kreuzt nur der Mann mit dem roten Mantel samt seinem Rentierschlitten den Weg des Zuges? Inzwischen ist nicht einmal der graue Himmel mehr zu sehen. Hunderte Wolkenwaggons stapeln sich mittlerweile am Firmament. Plötzlich ist ringsum alles ruhig. Nicht einmal die vorlauten Spatzen zanken sich mehr. Man kann die Stille förmlich anfassen.

Da fallen auch schon die weißen Sterne von oben herab. Von Sekunde zu Sekunde werden es mehr. Ein Stern landet direkt auf meiner Nasenspitze. Der erste Schnee in diesen Winter. Eine klitzekleine Vorweihnachtsfreude.

# Flockenwirbel

Mitte Dezember, und es schneit in Dresden. Die Flocken wirbeln umher, als würde Frau Holle sämtliche Betten der hiesigen Hotels ausschütteln. Die Hoffnung auf weiße Weihnachten wächst. Kinder holen ihre Schlitten hervor, bauen Schneemänner, veranstalten Schneeballschlachten.

Autofahrer sind genervt vom Scheibenkratzen und von den glatten und zum Teil ungeräumten Straßen. Schimpfend stehen sie im Stau, kommen zu spät zur Arbeit. Fußgänger stehen zähneklappernd an der Haltestelle, weil wieder mal eine Straßenbahn ausgefallen ist. Kommt dann endlich eine Bahn, drängen sie sich in die schon vollen Wagen, die nicht von weihnachtlichen Gerüchen beherrscht werden. Andere hetzen, den Hals eingezogen und den Kopf leicht nach vorn gebeugt, durch die Straßen. Überall Hektik, Stress und Eile.

Kaum einer bemerkt das Naturschauspiel »Schneefall« bewusst. Dabei ist es doch ganz einfach, wenigstens ein paar Momente zu verharren, um den Flockenwirbel zu genießen. Wie die Glitzersterne tanzend in die Tiefe gleiten und den vorher grauen Boden mit einer weißen Schicht bedecken, die im Licht der Straßenlaternen funkelt. Diesen Moment müsste man für die Ewigkeit bewahren.

Ruhe. Durchatmen. Die Ampel schaltet auf Grün. Ich gebe Gas und fahre los. Der Scheibenwischer streicht die auf der Frontscheibe meines Autos geschmolzenen Schneeflocken beiseite.

# Schneegestöber

In der Nacht hat es geschneit. Still und leise legte sich eine weiße Decke über die Erde, ganz im Gegensatz zu dem um Aufmerksamkeit heischenden Herbstregen, der laut an die Fensterscheiben prasselte. Alles sieht gepudert aus: die Bäume, die Sträucher, der Fußweg, die Straßen. Die Autos haben eine Schneedaunenjacke angelegt.

Es ist noch früher Morgen. Der Hausmeister ist noch nicht auf den Beinen. So knirscht die weiße Pracht auf dem Gehweg unter meinen Schuhen. Ringsum herrscht absolute Stille. Der trübe Schein der Straßenlaternen lässt den Schnee wie Diamanten glitzern. ›Jetzt könnte Weihnachten sein‹, denke ich, aber das Fest liegt schon etliche Wochen zurück.

Langsam kriecht mir die Kälte von der Nasenspitze ins Gesicht und zwickt mich mittelschwer in die Wangen. Aber als Mann lasse ich mir nichts anmerken. Es ist sowieso niemand da, den ich volljammern könnte.

Als ich durch den Park laufe, ist es mit der Ruhe vorbei. Eine Rotte Spatzen sitzt in der Hecke und streitet sich um die letzten Beeren. Es ist unglaublich, welchen Lärm diese aufgeplusterten Piepmätze machen können. Von Ferne höre ich den großen Schneeschieber die Hauptstraße frei fräsen. Inzwischen habe ich mich an die Kälte gewöhnt und pfeife ein kleines Lied. Es klingt sicher leicht schräg, aber in meinem Kopf hört es sich perfekt an.

Derweil bin ich an meiner Arbeitsstätte angekommen. Ich stampfe den Schnee von den Schuhen und betrete das Foyer. Die Dame am Empfang begrüßt mich mit einem schwungvollen »Guten Morgen!« und quittiert meine geröteten Wangen mit einem Lächeln. Weniger schwungvoll, aber ebenso lächelnd erwidere ich die Begrüßung. Es scheint ein guter Tag zu werden.

# Eine Farbe Grau - Silvester an der Ostsee

Es ist für mich das erste Mal. Silvester an der Ostsee. Ich hoffe auf Schnee, damit ich den Seebadkoloss Prora mit weißer Hülle fotografisch porträtieren kann. Aber es nieselt den lieben langen Silvestertag lang vor sich hin. Doch gerade diese besondere Atmosphäre macht zumindest den Strandspaziergang von Binz nach Prora zu etwas Besonderem, obwohl es scheint, dass halb Deutschland am Strand unterwegs ist.

Der Wind hält sich sehr in Grenzen, doch die geschlossene Wolkendecke lässt der Sonne keine Chance und so wird es den ganzen Tag nicht richtig hell. Dieser graue Tag passt aber perfekt zu den Ruinen vom ehemaligen »Seebad« Prora.

Monumentales Grau empfängt mich. Doch ein wenig später muss ich meine Meinung revidieren: Es wird fleißig gewerkelt. Die ersten richtigen Wohnungen erstrahlen außen in leuchtendem Weiß, und es sind bereits Menschen eingezogen, wie es die Klingelschilder zeigen. Im selben Block, wenige Meter neben den fertigen Wohnungen, werden gerade die alten Fenster herausgerissen. Wie tote Augen starren die Fensterlöcher leer vor sich hin. Ein gruseliges Bild.

Die Natur hat sich bereits bis an die monumentalen, zuletzt als Kasernen der Volksmarine genutzten Gebäude herangearbeitet: Brombeeren, Sanddorn, Hagebutten und Hunderte andere Büsche und Bäume teilen sich das Terrain. Doch auch Flora schafft es nicht, die negative Energie dieses Geländes zu verdrängen. Dieser Komplex ist und bleibt faszinierend und abstoßend zugleich.

Inzwischen ist es Nachmittag geworden, und es dunkelt langsam. Noch immer nieselt es. Beim Rückweg nach Binz bin ich ein wenig nachdenklich. Am Strand wird schon geböllert. Mich fröstelt.

# Schneemorgen

Schwerflockig fällt der Schnee von Himmel herab. Der Aufprall abertausender Schneekristalle auf den Boden müsste eigentlich einen unheimlichen Lärm machen. Doch es herrscht friedliche Stille ringsum. Die dunklen Wolken machen den Nachmittag viel zu früh zum Abend. Die Apfelbäume stehen wie dicke, weiß-beschürzte Frauen im Kreis und tratschen über die benachbarten Koniferen.

Ich stehe am Fenster und fange an zu träumen, von den Winterwanderungen als Kind, als die ganze Familie mitten im Wald die Fettbemmen auspackte. Die Kinder bekamen Muckefuck mit viel Milch und Zucker aus der Thermoskanne, die Erwachsenen tranken Bohnenkaffee. Schweigend kauten wir und lauschten. Wenn ein Eichhörnchen von Ast zu Ast sprang, lächelten wir uns an. Ein Fichtenkreuzschnabel stob mit seinem Schwanz den Schnee von den Tannenzweigen. Niemand drängelte: »Wir müssen weiter!« Ein perfekter Moment für die Ewigkeit.

Noch immer stehe ich gedankenverloren am Fenster und schaue dem Schneetreiben zu. Eigentlich wollte ich den Papierkram sortieren, der in den letzten Monaten angefallen war. Aber der Berg kann auch noch einen Tag länger warten. Ich mache mir es auf dem Sofa bequem, kuschele mich in die Decke ein und nehme mir ein Buch, das ich schon vor Monaten lesen wollte.

# Die Welt
# um mich herum

# Das Sandalen-Socken-Phänomen

Letzte Woche habe ich sie wiedergesehen, die Herren jenseits der 60, mit Sandalen, kurzen Hosen und weißen oder hellbraunen Socken, die bis zur halben Wade hochgezogen waren. Warum schmerzt den Normalbürger dieser Anblick? Es soll ja eine modische Todsünde sein, wenn Männer Socken in Sandalen tragen. Die Frage ist, warum tun diese Männer das? Um den Frauen zu gefallen? Weil die Frauen den Männern die Sachen rauslegen? Weil die Männer nicht ihre ungepflegten, verhornten Füße zeigen wollen? Diesem Phänomen werden wir wohl nicht so schnell auf die Schliche kommen. Aussterben wird diese Spezies auch nicht, denn diese modischen Entgleisungen werden vererbt. Ich habe auch schon jüngere Männer mit der Sandalen-Socken-Kombination gesehen. Leider.

Blickt man weit zurück, so haben die alten Römer, die damals auf der britischen Insel landeten, bereits Strümpfe in ihren Sandalen getragen. Das hing aber damit zusammen, dass sie warme Füße haben wollten, weil es in Britannien wesentlich kälter war als zu Hause im Mittelmeerraum. Aber warum dies in die Neuzeit retten, zumal heutzutage Sandalen in der Regel nur im Hochsommer getragen werden?

Männer sollten ihre Füße pflegen, sich ein wenig mehr Selbstbewusstsein zulegen, sich von den Frauen nichts vorschreiben lassen und einfach Flipflops oder Trekkingsandalen tragen. Ohne Strümpfe versteht sich. Barfuß wäre auch eine Alternative. Wer unbedingt seine Füße nicht zeigen will, zieht eben Sneakers oder Turnschuhe mit Füßlingen oder Sneakersocken an. Oder man geht mit der Mode und schlüpft in geblümte Gummistiefel, darin sieht man wenigstens die weißen Socken nicht.

# Die sockenfressende Waschmaschine

Wir haben es fast alle schon einmal erlebt: Beim Ausräumen der Waschmaschine fehlt von mindestens einem Sockenpaar ein Exemplar. Das ist ärgerlich, wie auch sehr mysteriös. Dabei gibt es keine mir bekannte statistische Erhebung, ob mehr rechte oder mehr linke Strümpfe abhandengekommen sind. Am Ende ist das aber auch egal.

Manche Familien haben im Laufe der Zeit halbe Wäschekörbe voller einzelner, verwaister Strümpfe. Andere werfen die einsamen Socken nach einer Weile weg oder nutzen sie zum Putzen. Wieder andere basteln Handpuppen aus den Socken oder nutzen sie als Handytasche.

Doch bleibt die Kernfrage: Wo ist die Socke hin? Hat die Waschmaschine sie »gefressen«? Klauen winzige Trolle einzelne Socken, um irgendwelche wundersamen Dinge damit anzustellen? Vielleicht hat sich das Sockenpaar gestritten und ein Strumpf hat die Gunst der Waschmaschine genutzt und sich von dannen gemacht. Möglich wäre auch, dass die Katze einen Strumpf aus dem Wäschebehälter gemopst und dann versteckt hat. Vielleicht waren es auch die eigenen Kinder oder das garstige Sockenmonster? Oder ist die Socke einfach zwischen den konstruktionsbedingten Spalt zwischen Trommel und Laugenbottich durchgerutscht?

Es gibt auch Verschwörungstheorien, die besagen, dass es sockenverschlingende Paralleluniversen gibt, bei denen sich ein sockengroßes Tor durch das Zusammenwirken von Gravitation und Zentrifugalkraft der Waschmaschine öffnet und die Socke auf Nimmerwiedersehen verschwindet. Es soll auch sockenfressende Waschmaschinen geben, die sich ihren individuellen Speiseplan bei jedem Waschgang zusammenstellen: einmal schwarze

Herrensocken, dann wieder geringelte Mädchenstrümpfe oder auch mal weiße Sportsocken. Je nach Appetit.

Es passiert aber auch, dass sich die Socken wieder anfinden. Es wurden die fehlenden Partner in Brotdosen, im Zeitungsständer, in Bettritzen, im Sportbeutel, im Puppenkochgeschirr, unter dem Schrank, ja sogar in der Mikrowelle gefunden. Vielfach haben sich einzelne Socken auch einfach beim Waschgang in den Ärmeln von Pullovern oder in Kissen- oder Bettbezügen verfangen. Jedoch ist es dann meist zu spät für die Singlesocken: Ihre Partner haben längst das Zeitliche gesegnet.

Die Lösung des Problems ist relativ simpel: Einfach die Socken paarweise mit der Hand waschen oder einen Wäschebeutel benutzen.

Vielleicht erfinde ich eine Sockensuchmaschine, wenn ich Zeit habe. Bis dahin wird es ein ungelöstes Phänomen bleiben.

# Das Beigemysterium

Sie sind überall und es werden immer mehr: beigefarbene Blousons, Westen, Jacken, ja sogar beigefarbene Hosen. Getragen von Rentnern oder Senioren, die sich wohl unsicher in der Farbwahl ihrer Kleidung sind. Sie denken wahrscheinlich, beige wäre zeitlos und neutral, es passte zu allem und man könnte es gut kombinieren.

Doch weit gefehlt: In Verbindung mit dem altersbedingten grauen Haar verschwinden diese Menschen in der Landschaft, sie verschmelzen mit ihrer Umgebung. Sie werden einfach nicht mehr wahrgenommen, bis sie irgendwann ganz verschwunden sind. Keiner merkt es. Manchmal erkennt man sie bereits nicht mehr, wenn sie vor Telefonschaltkästen oder auf Bürgersteigplatten stehen.

Dann, wenn es regnet und die ganzkörperbeigen Menschen ihre durchsichtige Frischhaltefolie anlegen, schüttelt die jüngere Generation nur noch den Kopf und läuft ungläubig weiter.

Vielleicht ist es auch eine Verschwörung der Modeindustrie, die einfach nur die beigefarbenen Rentneruniformen herstellt, damit nicht Heerscharen von Designern beschäftigt werden müssen. Zudem frage ich mich, wo es diese Sachen überhaupt zu kaufen gibt? Mir fällt keine Verkaufsstätte ein. Oder sind diese Läden für Menschen, die jünger als 65 Jahre sind, einfach unsichtbar? So eine Art Gleis 9¾ der Klamottengeschäfte?

Wenn jetzt jemand heimlich zum Kleiderschrank geht und diesen nach beigefarbenen Kleidungsstücken durchsucht: Es ist niemals zu spät, diese unbeobachtet im Schutze der Nacht in die Altkleidersammlung zu befördern.

# Raus aus dem Schrank!

Es ist jedes Jahr dasselbe: Der Kleiderschrank quillt über und man hat trotzdem irgendwie nichts anzuziehen. Ein Drama für viele Frauen, das meistens in Verzweiflung oder in Tränen endet. Viele Männer hingegen sind pragmatisch und nehmen einfach das oberste Shirt und die oberste Hose aus dem Schrank. Sommers wie winters. Hauptsache, man hat etwas an und es ist sauber. Aber es gibt für beide Geschlechter einen Ausweg aus diesem Dilemma.

Meine Mutter lehrte mich bereits als Schulkind, dass ich jedes Frühjahr und jeden Herbst den Kleiderschrank ausmisten (so ihre Worte) solle, um den Überblick über meine Ober- und Untertrikotagen zu behalten. Jetzt, wo ich halbwegs erwachsen bin, mache ich das immer noch, und es ist ein befreiendes Gefühl, wenn ich Kleidungsstücke aussortieren kann, die ich nicht mehr trage.

Bei einigen Kleidungsstücken wundere ich mich, wie mir jemals solche farblichen oder mustertechnischen Entgleisungen unterlaufen konnten. Still schüttele ich den Kopf über mich. Bei der einen oder anderen Hose frage ich mich, ob nicht vielleicht noch ein schlanker Mann in der Wohnung lebt, den ich noch nie gesehen habe. Plötzlich finden sich Pullover, an denen das Etikett samt Preisschild hängt. Zum Glück war alles im Preis reduziert. Jacken, die meinen breiten Schultern nicht mehr gewachsen sind, reiche ich an meinen Sohn weiter, damit er sieht, was noch aus ihm werden kann. Und er zieht sie sogar an, ebenso wie die zahlreichen T-Shirts, die ich ihm vermacht habe.

Eine weitere Regel meiner Mutter lautet: »Mehr raus als rein.« Wenn man dieses Motto beherzigt, schließen die Schranktüren auch wieder ohne Probleme. Das muss man einfach mal ausprobieren. Zwischendurch hilft bei einem Motivationshänger in jedem Fall ein Glas Sekt oder ein kühles Bier. Im Notfall auch zwei.

Am Ende soll ein ganzer Haufen Klamotten auf dem Boden liegen, fein sortiert nach Kleiderspende, Verschenken und Verkaufen. Als Belohnung für die nervenaufreibende Sortiererei darf man sich danach auch eine neue Textilie gönnen, oder man muss sich schnellstmöglich eine neue Hose kaufen, die bequem passt.

Ein kleiner Tipp: Frauen sollten ihre beste Freundin zu diesem Event einladen. Nach dem dritten Prosecco wird es extrem lustig. Also: Türen auf und Klamotten raus aus dem Schrank!

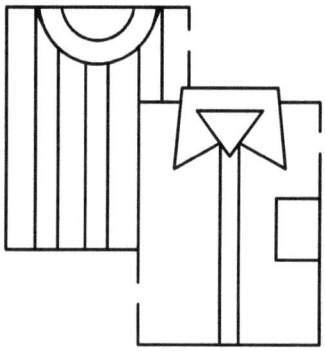

# Jäger und Sammler

Im Prinzip hat sich nichts geändert. Wir leben zwar nicht mehr in Höhlen und müssen unsere Nahrung nicht mehr mühsam in Wald und Flur suchen oder erlegen, aber dennoch jagen und sammeln wir Menschen unser ganzes Leben lang.

Meist werden Lebensmittelvorräte für die nächsten zwanzig Jahre oder Bettwäsche und Handtücher für die folgenden drei Generationen gehortet. Oder es werden Cremes, Shampoo und andere Kosmetika gehamstert, deren Menge der Jahresration eines stark frequentierten Hotels entspricht. Schließlich waren das alles Schnäppchen und eine Reserve für schlechte Zeiten.

Aber auch Zeitschriften, Rezeptordner und Kataloge werden in den Wohnungen zu monumentalen Gebilden aufgetürmt. Die Kleidungs- und Schuhsammler haben Schränke und Regale zum Bersten gefüllt. Einige haben sogar ein extra Zimmer, welches vornehm Boudoir genannt wird. Dort huldigen sie ihren Trophäen mit verzückter Miene.

Dann gibt es noch die Jäger und Sammler, die wändeweise Bücher, Gemälde oder Kunstgegenstände als Staubfänger in ihrem Domizil beherbergen. Ferner gibt es noch die Briefmarkensammler, die Comicfetischisten, die (Defekte-)Geräte-Sammler und die Plüschtieraufbewahrer. Die Liste könnte man unendlich weiterführen.

Auch ich zähle zu den Menschen, bei denen der Sammeltrieb hin und wieder ausbricht. So bin ich fast ständig auf der Suche nach seltenen CDs, die nur in geringer Auflage erschienen sind, oder Promo-CDs, welche nur die Radioleute bekommen haben. Manchmal jagt man einem solchen Silberling jahrelang hinterher, bevor man ihn in den Händen halten kann. Wenn ich Glück habe, auch noch zu einem erschwinglichen Preis. Ganz besondere Schätze sind vom Künstler signierte CDs. Wenn ich solche Raritäten erhasche, fühle ich mich wie ein Sechsjähriger, der zu Weihnachten ein heiß ersehntes Spielzeug unter dem Baum findet.

Und vielleicht bin ich ja auch noch ein Kind. So ganz tief in mir drin. Aber das ist mir egal. Diese Leidenschaft macht mich glücklich und zufrieden. Und darauf kommt es letztendlich an.

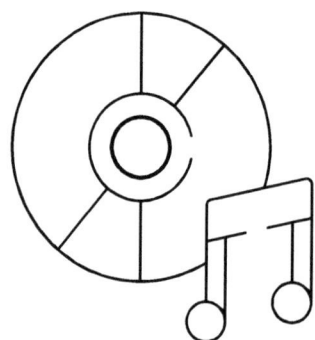

# Teebeutelgedanken

Ein schmales Rinnsal Flüssigkeit sucht sich seinen Weg zum Ausguss. Ein Teebeutel fand den einsamen Tod im kalten Becken der Edelstahlspüle, während der Mensch sich am heißen Getränk labt. Ein tragisches Schicksal.

Aber warum liegt der Teebeutel in der Spüle und wurde nicht gleich im Müll entsorgt? Damit alles seine Ordnung hat, folgt ein kurzer Exkurs in die Teebeutelmülltrennung: Der Tee mit Beutel (meist aus Manilahanf) kommt auf den Kompost, das Teebeutelschild ins Altpapier, die Metallklammer auf den Schrottplatz und der Faden in den Altfadenbehälter.

Doch zurück zur Kernfrage: Warum liegt der benutzte Teebeutel in der Spüle? Nach meinen Beobachtungen und Befragungen geschieht dies überwiegend, wenn Frauen Tee kochen. Lieblos lassen sie den heißen Beutel nach der Ziehzeit mit einem dumpfen »Batsch« in das Edelstahlbecken fallen

Wahrscheinlich ist der Teebeutel noch zu heiß für den Müll, er könnte ja die restlichen Abfälle im Eimer entzünden oder gar eine Müllbeutelüberschwemmung aus Resttee verursachen. Vielleicht muss der Beutel auch erst erkalten, bevor er in aller Ruhe für den Müll seziert wird. Eventuell will die Frau den kalten Teebeutel auch als kosmetisches Hausmittel für schöne Haut verwenden oder mit einer Kur ihrem Haar Glanz und Schutz verleihen. Bei der Suche nach der Ursache des Beutelablegens in der Spüle stochert man im Nebel wie an einem trüben Novembermorgen. Man muss es wohl akzeptieren.

Doch der Mensch gibt nie auf. Eine mögliche Lösung wäre: Der Mann kocht den Tee und entsorgt den Beutel sofort, ohne viel Aufsehen zu erregen. Oder man kauft losen Tee, welcher für den Brühvorgang in ein Sieb gefüllt und dann mit kochendem

Wasser übergossen wird. Doch wir ahnen es bereits: Nach wenigen Minuten steht das Sieb in der Spüle und dort rinnt der Tee, für uns Menschen unhörbar leise anklagend, in den Ausguss.

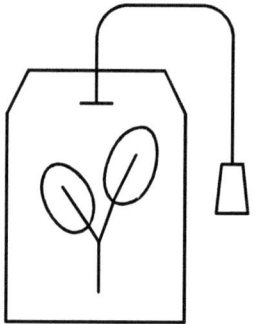

# Das Zucchini-Phänomen

Jedes Jahr, sobald die Sonne den Erdboden ausreichend gewärmt hat, wird man mit ihnen überschwemmt, diesen dunkelgrünen Zeppelinen, die zu 93 % aus Wasser bestehen und geschmacksneutral sind. Jeder Zweite fragt, ob man nicht ein paar dieser Kürbisgewächse haben möchte. ›Nein!‹, schrillt mein Gehirn, und plötzlich halte ich zwei Zucchini in den Händen, die fast so lang sind wie meine Unterarme. Mein gequältes Dankeschön-Lächeln nimmt die Freizeitgärtnerin mit einem süffisanten Grinsen entgegen.

›Dann gibt es heute Abend wieder Auflauf, obwohl erst gestern der Zucchinieintopf nach drei Tagen alle geworden ist‹, denke ich so bei mir. Immerhin sind die Früchte aus biologischem Anbau, handgewässert, mit Liebe bedacht und voller Vitamine. Noch ahne ich nicht, dass meine Frau vier von diesen Mörderteilen mit nach Hause bringt.

Am Wochenende wollen wir grillen. Auf dem Grill müssen meine Steaks den Platz mit Zucchinischeiben teilen. Der martialische Akt des Grillens von Fleisch, der uns Männer ein kleines bisschen urwüchsiger erscheinen lässt, mutiert so zum Kaffeekränzchen. Zum Glück muss ich keinen Eierlikör trinken, aber wer weiß, wo das alles noch hinführt.

Unsere Küche gleicht inzwischen einem Gemüseladen, der sich auf Zucchini spezialisiert hat. Die Früchte stapeln sich an jedem freien Platz, ich komme kaum noch ans Radio. In dieser Zeit träume ich nachts von Killerzucchini und anderen schlimmen Dingen, die ich an dieser Stelle nicht näher ausführen möchte, da die Handlungen massiv jugendgefährdend sind. Jedenfalls bin ich morgens meist ziemlich verstört, und wenn ich die Küche betrete, zucken meine Mundwinkel nervös.

Die größte Datenbank im Internet listet 12.809 verschiedene Rezepte zur Verarbeitung des Kürbisgewächses. Knapp die Hälfte davon muss ich jedes Jahr probieren und meistens auch selbst zubereiten. Weil es gesund ist und schmeckt, sagt die Frau. Dabei habe ich festgestellt, je höher der Fleischanteil im Zucchinigericht ist, desto leckerer wird es. Vielleicht kann ich die Zucchini irgendwann doch ganz durch Fleisch ersetzen. Träume darf ich schließlich noch haben.

Allerdings habe ich mich zu früh gefreut. In der Küche wird gerade Zucchini-Ananas-Marmelade gekocht. Dann soll ich auch gleich ein paar der grünen Dinger reiben, denn unsere Gäste sollen morgen einen Zucchini-Schoko-Kuchen kredenzt bekommen. Als dann noch verkündet wird, dass es in Zukunft Zucchini-Aufstrich fürs Frühstücksbrötchen gibt, macht mein Kreislauf schlapp. Eine Überdosis Zucchini zwingt meinen Körper in die Knie.

Als ich wieder zu mir komme, nehme ich gar liebliche Gerüche wahr, die meine Sinne erwachen lassen. Es gibt Spiegelei mit kross gebratenem Schinken. Ohne Zucchini, nur mit einem Hauch frischer Petersilie obenauf.

# Gedanken unterm Fliederbusch

Die Amsel zwitschert schon in der Morgendämmerung ihr melodisches Lied. Vor dem Aufstehen schaut die Sonne verstohlen zum Fenster herein und kitzelt meine Nase. Es ist Frühling. Draußen auf der Straße kommt es mir vor, als schauten die Menschen nicht mehr gar so grimmig drein. Manchmal kann man sogar ein Lächeln sehen. Die Natur erwacht allerorten, den Insekten und Vögeln kann man bei ihrem emsigen Treiben zusehen. Dies macht den Frühling wunderschön. Der Fliederbusch blüht und verströmt seinen betörenden Duft. Doch heute hängen schon einige Dolden erschöpft herab. So hastig und rastlos ist der Lenz in diesem Jahr.

Und vielleicht schmerzt es uns ein wenig, wenn wir sehen, wie schnell vergeht, was eben erst gekommen ist. Ich neige leicht den Kopf, kneife die Augen zusammen und versuche zu verstehen, warum man vor lauter Glück auch ein bisschen traurig sein kann.

Plötzlich reißt mich eine Hummel, die haarscharf, ohne vorher nach rechts und links zu schauen, an mir vorbei brummt, aus meinen Grübeleien. Ja, das Leben ist schön.

# Elvira

Seit knapp drei Wochen sehe ich sie jeden Tag. Oder besser gesagt: das, was sie erschafft. Eine kunstvolle und filigrane Arbeit macht sie. Kunsthandwerk in Perfektion. Mein linker Autorückspiegel sieht inzwischen sehr extravagant aus. So etwas hat heute nicht jeder. Und vor allem, es kostet mich keinen Cent.

Jeden Tag, wenn ich ins Auto steige und in den Rückspiegel blicke, hoffe ich, sie zu sehen. Doch meist schwingt nur das Netz ein wenig im Wind hin und her. Ein einziges Mal sind wir uns persönlich begegnet, aber sie flitzte wortlos hinter den Spiegel und versteckte sich. Dabei wollte ich nur kurz »Hallo!« sagen. Als Nachbarn sollte man sich um eine gewisse Kommunikation bemühen. Aber nicht jeder ist wohl offen für einen kurzen Plausch. Gut, ich hatte weder Kaffee noch Kuchen – Pardon! Willkommensgrußinsekten – dabei.

Inzwischen haben sich Pappelflaum und andere Samenfasern im Netz verfangen. Ich setze mich ins Auto, starte den Motor und fahre los. Je schneller ich fahre, desto mehr fängt das Netz an zu schwingen. Aber es reißt nicht, echte Wertarbeit eben. Und ich glaube, hinter dem Spiegel schaut plötzlich Elvira hervor und winkt mir mit zwei ihrer acht Beine zu. Vielleicht blendet mich auch nur die Sonne ein wenig. Wer weiß das schon so genau.

# Das Monster unter dem Bett

Es ist Nacht. Im Zimmer ist es total dunkel. Ich liege im Bett und bekomme plötzlich Angst, es könnte jemand unter dem Bett liegen. Versteckt sich dort ein dreiäugiges Monster, ein Gespenst mit glühenden Augen oder lauert da gar ein garstiger Dieb, der das ganze Spielzeug stehlen will? Aber das ist nun schon viele Jahre her, jedoch war dies als Kind für mich sehr unheimlich, besonders, wenn ich vorher einen gruseligen Film geschaut hatte. Ich bin mir sicher, dass fast jeder in jungen Jahren schon einmal ganz vorsichtig und voller ängstlicher Erwartung unter sein Bett geschaut hat.

Die Fragen nach den Unter-dem-Bett-Monstern bekomme ich derzeit ziemlich oft von meiner Tochter gestellt. Ich versuche, ihr zu erklären, dass es weder Monster noch Gespenster gibt und wegen der Diebe abends die Wohnungstür verschlossen wird. Aber so recht glauben will sie mir dennoch nicht. Das Licht im Flur muss leuchten, wenn sie im Bett liegt, und natürlich bleibt die Kinderzimmertür ein Stück offen.

Mehrere Bücher habe ich ihr zu diesem Thema vorgelesen und mit ihr darüber gesprochen. Wieder und immer wieder. Aber die Angst meiner Tochter ist geblieben, und das Licht brennt noch immer so lange, bis sie eingeschlafen ist.

Bevor ich das Licht im Flur lösche, schaue ich sicherheitshalber ab und zu unter ihr Bett. Aber da liegen nur kleine Wollmäuse, die nachts Legosteine fressen und nun mit prallen Bäuchen unter der Schlafstelle ruhen. Sie erinnern mich daran, auch dort einmal gründlich zu saugen. Dann gebe ich ihr einen sanften Kuss auf die Stirn und schaue im Halbdunkel in ihr selig schlafendes Gesicht. In diesen Momenten komme ich mir ein klitzekleines bisschen wie ein Ritter vor, dessen Aufgabe es ist, die Prinzessin zu beschützen.

# Elternabend oder Apocalypse Now

Kaum hat das neue Schuljahr begonnen, dauert es nur ein paar Tage, bis die Einladung zum Elternabend folgt. Jedes Mal hole ich tief Luft, rolle laut hörbar mit den Augen und sage dennoch zu. Schließlich will man wissen, was Kindern und Eltern in den nächsten Monaten alles widerfahren wird.

Es ist immer wieder ein komisches Gefühl, ein Schulgebäude zu betreten, egal, wie lange der eigene Schulabschluss her ist. Die unterbewussten Ängste stecken tief. Sehr tief. Im Klassenzimmer angekommen, sitzen die übereifrigen (und später auch nervige Fragen stellenden) Eltern schon auf den kniearthrosefördernden Stühlen eingezwängt an den Tischen. Zum Glück ist bei meinen Kindern die Grundschulzeit vorbei und das Gestühl nicht mehr so ganz niedrig. Dafür kleben regelmäßig Kaugummi oder Popel unterm Tisch. Aber das war vor Jahrzehnten auch schon so. An den Wänden hängen die Arbeiten unseres Nachwuchses. Naive Kunst ist auch schön, es sind ja unsere Kinder.

Die Klassenlehrerin, nennen wir sie Frau D., begrüßt die Eltern, und es folgen Termine ohne Ende, als wären unsere Kinder Vorstände einer Weltfirma: unterrichtsfreie Tage, Wandertage, Schulfeiern, Schließtage und so weiter. Irgendwann beginnt der spannende Teil, bei dem die Lehrerin versucht, anonym die Missetaten einiger Schüler dem geneigten Publikum nahezubringen. Allerdings kennen die Eltern inzwischen ihre Pappenheimer, sodass Frau D. die Namen auch gleich nennen könnte. Aber die Erziehungsberechtigten der Raufbolde fehlen sowieso immer.

Highlight der Berichterstattung ist für mich diesmal, dass ein Schüler einem anderen Jungen die volle Blumengießkanne über den Kopf ausschüttete, nur um ihm zu zeigen, wie doof er mit nassen Haaren aussieht. Das ist ein sehr seltsamer Humor, aber man muss auch nicht alles verstehen. Gleich darauf wird ein Teil der Hausordnung vorgelesen, danach die Strafen, die daraus erwachsen können. Es fallen Begriffe wie Schulverweis, Nachsitzen und Schreiben mit Faktor 10. Also seine Verfehlungen zehnmal aufschreiben. Das erinnert mich an die Lausbubenfilme mit Hansi Kraus und Harald Juhnke. Apropos Harald Juhnke: Hätte ich nur vor dem Elternabend einen Schnaps getrunken.

Inzwischen ist eine knappe Stunde vergangen. Die Themen Klassenfahrt, Schulessen, Drogen, Liebschaften und das Mitleidheischen für die überforderten FSJler, die erst im Frühjahr ihr Abitur geschafft haben und gerade dem Schulmoloch entkommen sind, sind noch nicht einmal angesprochen worden. Ich muss tief durchatmen.

Der Elternrat hatte sich schon Ende des letzten Schuljahres bereit erklärt, sich dieser Themen verantwortungsvoll anzunehmen. Ich jubiliere innerlich: Wieder etwas Zeit gespart!

Jetzt kommt das Schulessen dran. Jedes Mal ist es dasselbe: Es wird gejammert, dass es nicht schmeckt, die Kinder würden es nicht essen wollen. Dabei ist es an dieser Schule Pflicht, sich wenigstens einen Kosteklecks geben zu lassen und diesen zu probieren. Hier sehe ich einen richtigen pädagogischen Ansatz. Aber Großküchenessen wird nun mal nicht in einem Sternerestaurant gekocht. Das müssten die Eltern inzwischen wissen. Ich werde ja auch jeden Tag in der Kantine daran erinnert.

So langsam werde ich müde. Das Thema Hausaufgaben wird aufgerufen. Die Stimme der Klassenleiterin ist zum leichten Rauschen geworden. Begierige Eltern stellen Fragen, die ich mir nicht mal erträumt hätte. Zum Glück ist das Thema Drogen an der Schule kein Problem, sodass an dieser Stelle nicht viel zu sagen ist. Das Thema Liebe ist bei pubertierenden Kinder schon präsent, Frau D. beruhigt die Eltern, was nicht ganz so einfach ist, wenn ich die eine oder andere Mutter leicht transpirierend am Tisch sitzen sehe.

Inzwischen ist die Zwei-Stunden-Grenze überschritten. Langsam könnte die Veranstaltung ihrem Ende entgegengehen. Ich melde mich zu Wort und sage, dass die Eltern gern noch untereinander die Schulwegstreitereien diskutieren können. Aber bitte nach dem offiziellen Teil. Die Klassenleiterin blickt mich dankbar an. Das Ende ist nah. Alle Themen sind besprochen.

Frau D. bedankt sich bei den Anwesenden und wünscht uns einen schönen Heimweg. Zwei Stunden und fünfzehn Minuten hat das Schauspiel gedauert. Ich verlasse fluchtartig das Gebäude, bevor sich die apokalyptischen Reiter von den Stühlen erheben und sich in Einzelgesprächen auf die Klassenleiterin stürzen. Mit Mühe und Not erreiche ich mein Zuhause. Jetzt brauche ich einen Schnaps. Am besten einen doppelten.

# Unbarmherzig nagt der Zahn der Zeit

Gestern am frühen Vormittag war es soweit: Ich überlebte eine Wurzelspitzenresektion. Ich gebe zu, diese Maßnahme war notwendig, da die Backenzahnwurzel entzündet war. Da ich nicht masochistisch veranlagt bin, freute ich mich natürlich nicht auf den Termin beim Kieferchirurgen. Dennoch setzte ich mich auf dessen Folterstuhl. Ein Zuckerschlecken war die knapp halbstündige Operation nicht. Aber dank örtlicher Betäubung verlief die Aktion relativ schmerzfrei und der Angstschweiß floss nicht so reichlich wie befürchtet. Nur die Geräusche der Werkzeuge des Zahnhandwerkers störten die ansonsten entspannte Atmosphäre.

Einen Tag danach ist die betroffene Gesichtshälfte noch immer hamsterbackenmäßig geschwollen und leicht blau, was in den nächsten Tagen sicher in Lila und gelbe Farbtöne umschlagen wird. Das fällt dann aber nicht weiter auf, da nächste Woche sowieso Fasching ist.

Durch dieses Ereignis wurde mir mal wieder bewusst, dass der körperliche Verfall immer schneller voranschreitet. Ab vierzig Jahren ist das wohl so, dass es ab und zu hier und dort kneift oder zieht. Aber ich lasse mir von solchen Dingen nicht die Lust am Leben verderben. Das Leben selbst ist so schön, wenn man den Blick auf die vielen positiven Seiten richtet.

Doch gerade vorhin merkte ich, dass mein linkes Knie beim Treppensteigen zwickt. Der Zahn der Zeit nagt also nicht nur im Mund.

# Ersatzteilkauf

Es begann vor einigen Monaten. Ich schob es auf die anstrengenden Arbeitstage am Computer. Leichte Kopfschmerzen suchten mich regelmäßig heim, wenn ich lange am PC saß. Immer öfter merkte ich, dass ich die kleine Schrift auf den Lebensmittelverpackungen nicht recht entziffern konnte. Egal, ich esse auch abgelaufene Nahrungsmittel und die mit Geschmacksverstärkern und viel Zucker.

Sogar das Zeitunglesen bereitete mir Schwierigkeiten, aber das war wiederum nicht so schlimm, denn so viele positive Dinge stehen da auch nicht mehr drin, und wenn Dynamo gewann, war die Überschrift auch ohne Brille lesbar. Wurde das Licht schummerig, war es dann ganz vorbei mit dem Lesen. Zur Not half das Hochschieben der Fernbrille und das Ganz-nah-ans-Auge-Halten des Schriftstücks. Aber das wollte ich in der Öffentlichkeit nicht tun, immerhin bin ich erst gefühlte 26 Jahre alt (ausgeschlafen, nur am Wochenende).

So quälte ich mich einige Wochen herum, bis ich den Entschluss fasste, doch zum Optiker zu gehen. Dieser bestätigte mir, dass ich alt bin. Natürlich sagte er es nicht so plump, er meinte ganz selbstverständlich: »Es ist Zeit für eine Gleitsichtbrille.« Meine innere Jugend bröckelte ins Nichts wie der Kreidefelsen auf Rügen nach einer stürmischen See. Mein bisheriges Leben zog im Zeitraffer an meinem trüben Auge vorbei. »Es ist nur eine Gleitsichtbrille«, hörte ich den Fachmann des Nasenfahrrades wie durch Watte reden, als er meinen leeren Blick sah.

Ich fügte mich meinem Schicksal und setzte mich auf den Stuhl, um das Ausmaß meiner Nahsehunfähigkeit messen zu lassen. »Es ist nicht sehr schlimm, aber eine Gleitsichtbrille wird Ihnen wieder mehr Lebensqualität geben.« Der Optiker nahm wieder das böse Wort in den Mund. Aber er wollte mir helfen und natürlich ein wenig Geld an mir verdienen.

Eine gute Woche später konnte ich meine neue Sehhilfe abholen. Natürlich hatte ich mir ein schickes Gestell ausgesucht. Schließlich muss ich ja davon ablenken, dass es eine Gleitsichtbrille ist. Und es ist wirklich wahr: Die Gläser sehen aus, wie bei einer ganz normalen Brille. Allerdings ließ der Preis des Sehwerkzeuges meinen Kontostand schmelzen wie die Julisonne das Softeis. Ersatzteile sind eben teuer. Aber jetzt sehe ich wieder in der Ferne und in der Nähe scharf. Nun macht es mir auch nichts mehr aus, dass ich in Wirklichkeit 46 Jahre alt bin.

# Die tödlich verlaufende Männergrippe

Es beginnt mit einem leichten Kratzen im Hals, welches rasch zu einem Brennen wird, als hätte man Chilischoten verspeist. Schon zu diesem Zeitpunkt sollte der Mann handeln: Ein Glas warmes, mit Salz versetztes Wasser mehrfach täglich gegurgelt sollte die kleinen bösen Tierchen im Hals abtöten. Eine gelutschte Butterflocke bringt auch Schmerzlinderung. Aber nein, der Mann ignoriert dieses Signal und macht weiter auf harten Cowboy.

Mehrere Stunden später, meist über Nacht, gesellt sich zu dem Halsproblem ein bitterböser Reizhusten. Dieser ähnelt vom Klang her einem an Tuberkulose erkrankten Menschen. Eine allgemeine Erschöpfung macht sich im Körper breit. Die Glieder schmerzen. Der Mann wird bettlägerig. Er mutiert innerhalb von Stunden vom Superhelden zum kranken Kleinkind.

Spätestens jetzt kommt der Moment, wo sich der Mann nach Mutti sehnt, die sich immer liebevoll um ihren kleinen Jungen gekümmert hat. Doch Mutti ist nicht mehr da. Im schlimmsten Fall ist der Mann Single und muss allein mit seinem Elend fertig werden. Dadurch verfällt er in tiefes Selbstmitleid, da er niemandem sein Leid klagen kann. Er versucht dies durch die genaue Darlegung seiner Krankheit in sozialen Netzen wie Twitter oder Facebook zu kompensieren. Dort bettelt er um Anteilnahme. Vielfach gelingt ihm dies sogar.

Ist der Mann liiert, muss die Partnerin viel Kraft und Nerven haben. Sie muss dem ständigen Gejammer standhalten. Natürlich kann sie ihm Tee zubereiten, die Waden wickeln und ein besorgtes Gesicht machen. Nützen wird es nichts.

Jetzt naht bereits die Endstufe der angeblich letal verlaufenden Krankheit: Die Produktion von Nasenschleim läuft auf Hochtouren. Justament, wenn der einstige Mann kaum noch Luft bekommt und sich Berge von Papiertaschentüchern wie übergroße Maulwurfshaufen auf dem Fußboden neben dem Bett türmen, sieht er sein Ende kommen. Der Kopf scheint dick wie ein Kürbis, die Brust schmerzt vom schwindsüchtigen Husten, und der Hals kratzt, als hätte er eine Drahtbürste verschluckt. Was hat der Mann nun noch zu verlieren? In seiner Hilflosigkeit ruft er völlig entkräftet nach seiner Partnerin, die ihm die Medikamente (wahlweise pflanzlicher bzw. chemischer Herkunft) reicht und ihm wieder Lebensmut zuspricht. Ja, so eine Männergrippe verlangt die volle Aufmerksamkeit der Pflegenden.

Mehrere Tage schwebt der so geplagte Mann in höchster Lebensgefahr, doch allmählich geht es ihm wieder besser. Schon bald kann er das Bett wieder verlassen und sich ohne fremde Hilfe in der Wohnung bewegen. Das Kleinkind verwandelt sich langsam wieder in einen Superhelden. Dann ist auch der Muskelkater vom vielen Husten vergessen. Immerhin hat der Mann etwas für seine Bauchmuskeln getan. Und er ist dem Tod von der Schippe gesprungen. Vorerst.

# Männer und das Salatdilemma

»Wollen wir heute Abend Salat essen?« Unwillkürlich zucke ich zusammen. Diese Frage duldet keinen Widerspruch. Salat. Kalter Panikschweiß bricht aus mir. »Ein kleines Schälchen reicht mir«, antworte ich mit leicht gebrochener Stimme. Ich zeige guten Willen, um des lieben Friedens willen.

Schon jahrelang versuche ich zu ergründen, was Frauen dazu bringt, ständig Salat essen zu müssen. »Weil es schmeckt«, »Weil es so gesund ist« oder »Man nimmt davon ab«, sind häufige Antworten, aber so recht will ich das nicht glauben.

Natürlich gibt es Ausnahmen wie überall, aber das Gros würde am liebsten jeden Tag kiloweise Salat in sich hineinstopfen. Gegen einen Tomatensalat mit Zwiebeln, Salz, Pfeffer und ein paar Tropfen Öl habe ich nichts einzuwenden. Aber meist nimmt es überhand, denn zum Eisberg-, Kopf- oder Feldsalat, Lollo Rosso oder Rucola müssen noch geröstete Kerne, Mais, Oliven, Sprossen, Mozzarella, Kräuterblätter und andere, zum Teil seltsame Dinge in die Salatschüssel. Dies alles wird dann wahlweise mit Öl, Balsamico, Joghurt und/oder anderen Flüssigkeiten ertränkt. Der arme Mann muss das dann essen. Für die Frau ist es hingegen der kulinarische Höhepunkt des Tages.

Die Sache ist, egal, wie viel man davon isst, man wird nicht satt, sondern bekommt im schlimmsten Fall Übelkeit oder Magenkrämpfe, weil unser Körper einfach solche Mengen an Grünzeug nicht verarbeiten kann. Beim mühsamen Zerkauen der meist zähen Blätter bekomme ich häufig Visionen von Hasenohren und langen Nagezähnen, die mir wachsen. Nach manchen Mahlzeiten schaue ich heimlich in meine Hose. Es gibt nämlich Gerüchte, dass bei vermehrtem Salatverzehr Stummelschwänzchen auftreten können.

Gnädigerweise werden ab und zu leicht angebratene Puten- oder Hühnerbruststreifen der undefinierbaren Masse untergemischt, aber das macht es nicht besser. Im Gegenteil.

Wie lösen wir Männer das Salatdilemma? Ganz einfach: Wir ergreifen die Initiative und bereiten das gesunde Abendbrot selbst zu. Es gibt frisches Vollkornbrot, gute Butter, magere Wurst, delikaten Käse und dazu geviertelte Tomaten und schmale Gurkenscheiben. Letzteres dezent mit Salz und Pfeffer bestreut. Einfach, aber lecker.

»Das Abendbrot ist angerichtet«, flöte ich. Als Antwort kommt aus dem Nebenzimmer: »Was hast du denn für einen Salat gezaubert?« Mein Augenrollen ist bis ans Ende der Straße zu hören. Das nächste Mal gibt es nur Fleisch. Richtig saftige Steaks. Als Salat werden glasierte Zwiebelringe gereicht.

# Verliebtsein

Dann ist es passiert, mitten im Frühling. Einfach so. Ganz unverhofft. Ich konnte nichts dagegen tun und habe mich auch nicht dagegen gewehrt. Plötzlich ist alles anders. Mein Herz schlägt schneller und meine Hände fangen an zu zittern, wenn ich an sie denke. Wenn sie mich ansieht und lächelt, bleibt die Welt für mich stehen. Ich nehme meine Umgebung für diesen Augenblick kaum mehr wahr. Die Konzentration auf Arbeit lässt zweitweise zu wünschen übrig. Immer wieder schweifen meine Gedanken zu ihr ab. Die ganze Welt wird auf einmal total romantisch.

›Was ist bloß los mit dir‹, frage ich mich, ›du bist doch kein Teenager mehr?‹ Ich erkenne mich gar nicht wieder. Doch letztendlich spielt das Alter keine Rolle. Die Gefühlswelt gerät durcheinander, egal, ob man 16 oder 40 oder 85 Jahre alt ist.

Wissenschaftlich betrachtet, werden chemische Reaktionen im Körper ausgelöst, Botenstoffe werden ausgeschüttet und lassen ein außerordentliches Glücksgefühl entstehen, was sich als Kribbeln im Bauch manifestiert. Schmusehormone erhöhen die Kuschelsucht immens. Die Sehnsucht des Wiedersehens steigert sich ins Unermessliche. Ständig will man die Schmetterlinge im Bauch mit Küssen füttern.

Ich genieße einfach diese Zeit des Verliebtseins. Diese Euphorie ist so wunderschön, auch wenn es Außenstehende als teilweisen Zustand der Unzurechnungsfähigkeit empfinden mögen. Mir ist das aber egal.

Ach ja, eine rosarote Brille benötige ich nicht, mir reicht meine normale Brille, durch die ich der Frau meines Herzens ganz tief in die Augen schauen kann.

# Vom Küssen

Der Kuss. Es wurde schon sehr viel über ihn geschrieben, gemalt und verfilmt. Es gibt vielerlei Arten von Küssen: den Handkuss, den Filmkuss, den Luft(i)kuss, den Stirnkuss, den Eskimokuss, den sozialistischen Bruderkuss oder den Schmatzer, den man seinem Kind auf die Wange drückt, den romantischen Lippenkuss, der bei Jung und Alt hoch im Kurs steht und den Zungen- und Intimkuss, der bei Paaren mehr oder weniger intensiv praktiziert wird.

Gerade im Frühling, wenn die ersten warmen Sonnenstrahlen die grauen Gedanken aus den Köpfen der Menschen vertreiben, wächst das Bedürfnis zu küssen. Wohl dem, der einen Partner hat und sich diesem Vergnügen auf einer Parkbank oder am Ufer eines idyllischen Sees hingeben kann. Diese Paare ernten dann neidvolle Blicke der Singles. Doch gerade jetzt, wenn die Sonne scheint, sind die Menschen eher bereit, sich für jemanden anderes zu öffnen, und damit haben Alleinstehende jetzt die große Chance, auch in den Genuss von Frühlingsküssen zu kommen. Doch warum haben wir das Bedürfnis zu küssen?

Küssen ist eine natürliche Droge, die wir ohne ein schlechtes Gewissen zu haben, in großen Mengen konsumieren können. Die Glücksgefühle beim Küssen lassen uns »high« werden. Und das sogar kostenlos. Beim Küssen produziert der Körper Neuropeptide, die das Immunsystem in Schwung bringen. Der Puls steigt rasant, sodass wir manche Joggingrunde sausen lassen könnten, wenn wir öfter leidenschaftlich küssten.

Verliebtsein ist etwas Wunderbares, doch rein biochemisch gesehen, sind Verliebte krank. Sie haben einen veränderten Serotoninspiegel im Blut. Die Folgen kennen wir alle: Verliebte verhalten sich ähnlich wie Verrückte, sehen alles rosarot (wahlweise auch himmelblau), können sich auf nichts mehr konzentrieren und haben nur ihren Partner im Kopf. Aber für eine gewisse Zeit lang ist das auch völlig in Ordnung.

Und während ich diese Zeilen schreibe, steigt mein Kussverlangen rapide an. Ich werde hinausgehen, in die Sonne. Vielleicht findet sich jemand zum Küssen.

# Warum man beim Radfahren nicht seinen Gedanken nachhängen soll

Gestern hat es den ganzen Tag über geregnet. Für die Natur war es lebensnotwendig und auch uns Menschen tat die Abkühlung gut. Heute früh war der Himmel zwar grau, aber es regnete nicht. Also schnappte ich mir kurzerhand mein Rad und fuhr hinunter auf den Elberadweg.

Dort angekommen, erwarteten mich leichter Sprühregen mit Gegenwind sowie eine Nacktschnecken-Invasion. Hunderte dieser häuserlosen Weichtiere in vielerlei farblichen Ausprägungen und Körperdicken schleimten über den Weg. Nicht immer konnte ich ihnen ausweichen. Aber das möchte ich hier nicht weiter ausführen.

Später kam ich dann an einer großen Schafherde vorbei. Die Felltiere glotzen treu-brav. Ich war total in Gedanken versunken, als plötzlich ein mehrstimmiger Chor meinen Namen rief: »Jeeeens!« Abrupt wurde ich aus meinen Gedanken gerissen und sah mich um. Keiner war zu sehen. Da war es wieder: »Jeeeens!« Hatte ich Halluzinationen und war nun völlig neben der Spur? Und nochmals hörte ich meinen Namen gedehnt rufen.

Plötzlich fiel es mir wie Schuppen von den Augen: Die Schafe hatten mich persönlich begrüßt. Ich hatte, in meinen Grübeleien vertieft, das Blöken der Schafe als Rufen meines Namens vernommen.

# Die Qual des Aufstehens am Morgen

Fast alle Menschen wollen nicht zeitig aufstehen, die präsenilen Bettflüchtler und Leute aus Sachsen-Anhalt mal ausgenommen. Es ist nicht nachweisbar, wie viele Wecker deswegen schon einen gewaltsamen Tod am frühen Morgen sterben mussten. Tag für Tag quälen wir uns morgens aus dem Bett, nur um einer Erwerbstätigkeit nachzugehen oder in Bildungseinrichtungen zu stiefeln, um dort fürs Leben zu lernen.

Aber warum fällt es uns so unsäglich schwer, morgens dem warmen, kuscheligen Bett zu entsteigen?

Wahrscheinlich liegt es daran, dass wir Menschen von Natur aus bequeme Wesen sind, die faultiergleich fast den ganzen Tag im Bett verbringen könnten. Sicher tut man sich in den dunklen Wintermonaten weitaus schwerer mit dem Aufstehen. In den Sommermonaten, wenn es zeitig hell draußen ist und der frühe Vogel sein Morgenlied schmettert, ist das nicht ganz so ein Problem.

Dabei steckt in einem frischen, unverbrauchten Tag viel Energie, die sich meist mit einer Tasse eines koffeinhaltigen Heißgetränkes wecken lässt. Sobald man wacher ist, kommt der Tatendrang von hinten angeschlichen und überfällt uns heimtückisch. Er packt uns am Schlafittchen, und wir sind letztendlich froh, dann doch aufgestanden zu sein. Zumeist schaffen wir es, an jenen Tagen auch mehr oder weniger sinnvolle Dinge zu tun, die uns (manchmal) mit Stolz erfüllen.

Jeder sollte seine Strategie finden, wie man früh am besten aus dem Bett kommt. Sei es das zeitige Zubettgehen, verknüpft mit Ritualen wie Lesen; die regelmäßige sportliche Betätigung am Abend; sich Dinge für den nächsten Tag vornehmen, die man gern macht. Der Fantasie sind keine Grenzen gesetzt.

Also: Früh am Morgen Finger weg von der Snooze-Taste des Weckers, aus dem Bett gesprungen und dem jungfräulichen Tag entgegengelächelt!

# Das Leben ist doch kein Ponyhof

Diesen Spruch haben wir oft gehört und lächelnd daran gedacht, wer denn eigentlich den Ponystall saubermacht. Dann waren aber wir diejenigen, die zum Ausmisten eingeteilt wurden, obwohl wir eigentlich nur die Schleifen in die Mähne der Vierbeiner binden wollten. Zack, schon waren wir enttäuscht.

Doch warum sind wir so oft enttäuscht? Enttäuschungen sind immer das Ergebnis von unerfüllten Erwartungen, Hoffnungen, Träumen oder Wünschen. Man hat sich getäuscht, einfach in die falsche Richtung geschaut. Plötzlich werden wir mit der harten Realität konfrontiert.

Je stärker wir das Ereignis herbeigesehnt haben bzw. je mehr wir investiert haben, umso größer ist die Enttäuschung. Dabei spielt es keine Rolle, ob wir ein uns selbst gestecktes Ziel nicht erreicht haben oder ob ein anderer Mensch involviert ist.

Doch das negative Gefühl einer Enttäuschung möchten wir nicht spüren. Wir fühlen uns von den anderen oder dem Leben verraten. Doch in Wirklichkeit haben wir die Dinge oder Personen nur falsch eingeschätzt und müssen nun, wenn wir nicht in Frustrationen oder Kummerattacken verfallen wollen, uns der Wahrheit stellen. Auch wenn dies am Anfang weh tut.

Enttäuschungen gehören zum Leben, denn wir können nicht in die Zukunft schauen und andere Menschen richten sich auch nicht immer nach unseren Vorstellungen.

Aber der Erkenntnisprozess ist positiver Natur und diese Erfahrungen können wir bei den nächsten Erwartungen, Hoffnungen, Träumen oder Wünschen sogleich anwenden.

Vielleicht dürfen wir ja doch einmal die Schleifen an die Ponys binden. Obwohl, ich wollte eigentlich nie auf den Ponyhof. Mich zog es eher mit dem Fahrrad in den Wald, um dort am Tümpel

Frösche zu fangen. Die quakten aufgeregt, als ich sie wieder ins Wasser warf, und sie waren darüber sicher nicht enttäuscht.

# Verlaufen

Seit einigen Wochen steht mein Nachbar oft an der Straße vor dem Haus und raucht. Er ist Rentner, und ich sehe ihn in der Vergangenheit häufig mit seinem Dackel Waldi durch die Straßen schlendern. Ab und zu unterhalten wir uns, wie man es unter Nachbarn eben so macht. Wir schütteln gemeinsam den Kopf über die schlechten Dynamo-Spiele, schimpfen über das schlechte Wetter und die überall steigenden Preise.

Doch irgendetwas muss passiert sein. Letztens komme ich von der Arbeit, parke mein Auto und sehe ihn an den Mülltonnen unweit des Wohnhauses stehen und rauchen. Ich gehe zu ihm hin. Er hat sich verändert. Seine Augen sind trüb, sein Blick starrt seltsam in die Ferne. Er meint, er könne jetzt nicht mehr allein mit seinem Hund spazieren gehen. Er habe sich in letzter Zeit des Öfteren verlaufen, obwohl er schon über 40 Jahre hier wohne. Seine Frau habe ihm nun verboten, allein weiter als bis zu den Mülltonnen zu gehen, um dem Laster des Rauchens zu frönen.

Er erzählt mir langsam, dass sein Kurzzeitgedächtnis nicht mehr richtig funktioniere. Er vergesse alles wieder sehr schnell. Das mache ihn traurig, denn sein Leben bestehe nun nur noch aus Arztbesuchen, Essen, Schlafen, Fernsehen und an der Mülltonne rauchen. Er fühle sich nutzlos. Am Schlimmsten sei aber, dass er nicht mehr mit seinem geliebten Waldi durch das Wohngebiet stromern könne.

Wie schnell es doch geht, dass man so krank wird, dass man seinen normalen Alltag nicht mehr in gewohnter Manier bewältigen kann. Das stimmt mich sehr nachdenklich und bestärkt mich in meinem bereits gelebten Vorsatz, jeden Tag bewusst zu leben, auch wenn die Ereignisse nicht immer erfreulich sind.

Unsere kurzen Gespräche führen mein Nachbar und ich weiter, auch wenn er mir Dinge erzählt, die er mir bereits am Vortag geschildert hat. Unsere Kommunikation ist doch ein klein bisschen Abwechslung in seinem Alltag. Und das einzig Gute an der Sache ist, dass er abends die Niederlage der Dynamos vom Nachmittag bereits wieder vergessen hat.

# Verregnete Sonntage – ein Plädoyer für das Lesen

Am Morgen ist es neblig, später faucht der Wind um die Ecke, die Regentropfen trommeln rhythmisch an die Fensterscheiben. Es wird wohl ein fauler Tag werden. Solche Sonntage liebte ich als Kind unheimlich. Nach dem Frühstück verzog ich mich wieder ins Bett und schmökerte zum dritten Mal Jules Vernes »Die Kinder des Kapitän Grant« oder gar zum fünften Mal »Das Blaue vom Himmel« von Hannes Hüttner. Zwischendurch brachte Mutter eine Tasse heißen Kakao, damit ich ihr nicht verdurste, wie sie immer sagte. Ich versank vollends in die Geschichten, die ich las. Mal segelte ich über die Weltmeere und erlebte spannende Abenteuer in Patagonien, oder ich landete mit der Blockhütte auf dem Quarkstern und musste mich später im Schlaraffenland mit den Fleißmeisen und Milchbärten verbünden, um gegen den bösen Zauberer zu kämpfen. Es war eine schöne Zeit, die mein Leben sehr prägte.

Nun stelle ich mir die Frage, was wäre, wenn es keine Bücher mehr gäbe? Mein elfjähriges Ich würde so antworten: »Bücher sind für mich ein Schatz, wenn es keine mehr gäbe, würde ich viel weniger wissen.« – »Da würde ich den ganzen Tag traurig auf dem Sofa faulenzen.« – »Keine Abenteuerbücher mehr? Da könnten ja keine Filme mehr gedreht werden.« – »Ohne Bücher gäbe es weniger Gemecker von den Eltern, denn, wenn ich lese, höre ich nichts mehr, und wenn Mutter sagt, ich soll den Müll rausbringen, überhöre ich es. Dann gibt es immer Theater, aber ich lese trotzdem weiter.«

Doch inzwischen sind etliche Jahrzehnte vergangen und die Antworten heutiger Kinder wären, bis auf wenige Ausnahmen, komplett anders: »Bücher, die habe ich nur für die Schule, das reicht mir völlig zu!« – »Ich lese doch nicht, schaue lieber You-

Tube-Videos.« – »Meine Eltern haben Netflix, da schaue ich immer Serien und Filme. Bücher brauche ich nicht.« – »Bücher sind Babykram!«

In meinen Augen ist das sehr bedenklich. Nicht, dass ich die neuen Medien verteufele, ich bin selbst Käufer neuester technischer Spielzeuge, aber ich lese trotzdem noch Bücher, wenn auch nicht mehr so oft wie früher. Aber wie bekommen wir unsere Kinder dazu, wieder mehr zu lesen? Die Vorbildwirkung der Eltern hilft sicher, aber wenn wir ehrlich sind, geben wir Erwachsene uns auch oft dem schnöden visuellen Konsum der bewegten Bilder hin. Unsere Fantasie verkümmert, die unserer Kinder auch. Ich wage mir nicht auszumalen, wie der Bücherkonsum in 30 Jahren aussieht.

Vielleicht sollten wir mit unseren Kindern öfter Bücherläden besuchen, denn schon der Geruch eines neuen Buches spricht Regionen im Gehirn an, die süchtig nach Abenteuern machen, die es zu erleben gilt. Und wir brauchen mehr verregnete Sonntage.

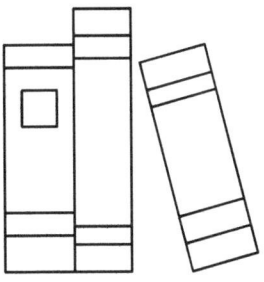

# Hühnergötter und das Glück

Wir Menschen suchen das Glück. Meist jagen wir ihm ein Leben lang hinterher, und manchmal finden wir es auch für eine kurze oder eine längere Zeit. Dabei wissen wir oftmals nicht, was Glück überhaupt ist. Jeder definiert es anders: Für die einen sind es die Kinder, die Familie, für die anderen die Gesundheit, andere wiederum verbinden es mit Haustieren, einer schönen Wohnung oder dem gutbezahlten Job. Diese Aufzählung ließe sich noch endlos fortführen, ist das Glück doch so vielfältig, wie wir Menschen zahlreich sind.

Doch in einem sind wir Menschen uns relativ einig: Um das Glück zu finden, braucht man einen Glücksbringer. Und was ist da einfacher, als an die Ostsee zu fahren und dort am Strand die Feuersteinknollen mit herausgewitterten Kreideeinlagerungen zu suchen, die wir umgangssprachlich »Hühnergötter« nennen.

*Exkurs: Hühnergötter entstammen ursprünglich der Vorstellung eines alten slawischen Volksglaubens, den Stein mit Loch als Amulett zu tragen oder an den Stalleingang zu hängen, um das Hausgeflügel gegen böse Geister zu schützen. Dadurch soll es dem Poltergeist unmöglich sein, das Federvieh zu stehlen oder es am Eierlegen zu hindern.*

An den steinigen Abschnitten der Ostseestrände kann man mitunter ganze Heerscharen von Menschen beobachten, die, den Kopf nach unten gewandt, die Küstenlinie nach den Lochsteinen absuchen. Hin und wieder wird sich gebückt und ein Stein aufgehoben, der mit einem Pusten vom Sand befreit und dann gegen das Licht gehalten wird. Meistens landet er wieder auf dem Boden, aber so mancher Glücksbringer wandert in die Jackentasche.

Natürlich habe auch ich bei meinem letzten Aufenthalt wieder nach Hühnergöttern gesucht, und ich habe sogar welche gefunden. Ganze sechs Stück waren es. Wenn ich nun fest daran glaube, bekomme ich das Glück in sechsfacher Ausfertigung. Wenn ich aber in Gedanken alles durchzähle, habe ich schon mehr als sechsfaches Glück.

Aber so ein Stein mit Loch ist trotzdem schön anzusehen, und vielleicht lege ich mir später noch einen Stall mit Hühnern zu. Da brauche ich meine Hühnergötter dann doch noch.

# Das Leben ist schön

Ich bin 45 Jahre alt. Der vor wenigen Tagen aufgrund eines Hirnschlags von uns gegangene Jazzmusiker Roger Cicero war mein Jahrgang. Das hat mich ziemlich berührt. Mit Mitte 40 von einem Tag auf den anderen nicht mehr da sein. Vorbei. Aus. Schluss. Für immer.

In der Nacht nach dieser Nachricht habe ich schlecht geschlafen. Ich grübelte und malte mir meine eigenen Horrorszenarien aus. Was, wenn das mir passiert. Einfach so, unerwartet. Meine Kinder hätten keinen Vater mehr. Meine Freundin verlöre ihren Partner, meine Eltern den Sohn, mein Bruder den Bruder, meine Nichten den Onkel. Hinterließe ich eine Lücke bei meinen Freunden, bei den Kollegen? Alles wäre nicht mehr, wie es war. Eine gruselige Vorstellung.

Natürlich muss das nicht eintreffen, aber es kann jederzeit passieren. Ich sollte deswegen nicht in Trübsal verfallen, sondern mir jeden Tag kleine und ab und zu größere Höhepunkte schaffen. So besuche ich oft meine Eltern, meist zusammen mit meinen Kindern, damit wir gemeinsam Dinge machen können, die uns glücklich machen. Das sind alltägliche Sachen wie Essen kochen, gemeinsam Rommé spielen (obwohl Oma oft versucht zu schummeln), nach dem Grillen am Lagerfeuer Geschichten von früher erzählen, durch den Wald pirschen und den Frühling entdecken.

Voraussetzung dafür ist jedoch, dass ich mit mir im Reinen bin. Viel öfter sollte ich an mich selbst denken und meinen Leidenschaften (in Maßen) frönen, ohne die Familie zu vernachlässigen. Jeder braucht Zeit für sich. Der Stress auf Arbeit schlaucht schon genug und meistens dankt einem das sowieso niemand. Ich kann aber bewusster leben, mich gesünder ernähren und etwas mehr bewegen. Aber das ist alles nicht so einfach, weil mein innerer Schweinehund ziemlich träge ist. Den gilt es öfters zu bezwingen. Vor allem soll man sich nicht mit den lieben Mitmenschen streiten und wenn, dann ganz schnell wieder versöhnen. Jeder Tag mit nicht geklärten Dingen ist ein verlorener Tag.

Das alles hilft natürlich nicht viel gegen schlimme Krankheiten oder Unglücksfälle, aber dann hat man sein Leben zumindest glücklich und zufrieden verbracht. Und hier hatte schon Goethe recht, wenn er Faust zu Mephisto sagen lässt: »Werd' ich zum Augenblicke sagen: Verweile doch! Du bist so schön! Dann magst du mich in Fesseln schlagen, dann will ich gern zugrunde gehn!«

Aber noch lebe ich, und gleich gibt es ein gemeinsames Kaffeetrinken mit der ganzen Familie: drei Generationen an einem Tisch, wo gegessen, erzählt und gelacht wird. Da denkt niemand an die schlechten Dinge dieser Welt, denn das Leben ist schön.

# Erinnerungen ———

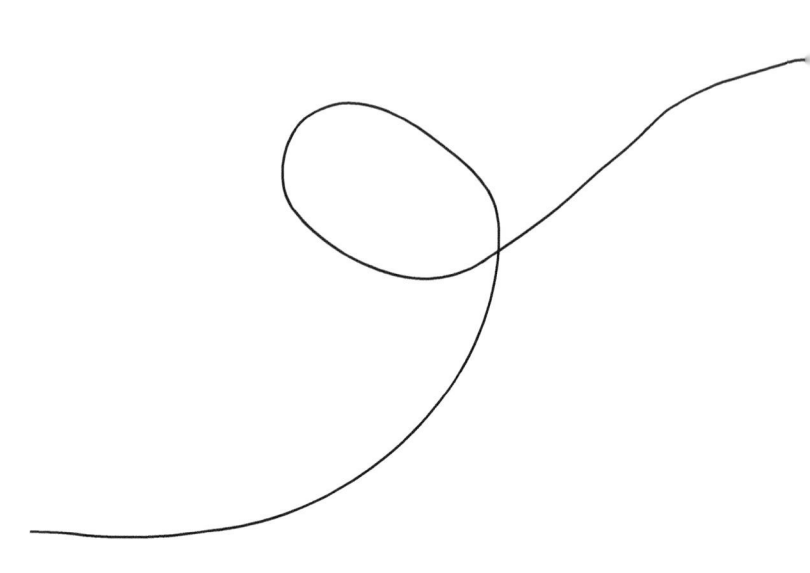

# Kachelofenerinnerungen

Damals, wenn ich im Winter am frühen Nachmittag aus der Schule nach Hause kam, feuerte ich meist den großen Kachelofen an, damit wir es abends schön warm in der Stube hatten. Dazu stellte ich dünnere und dickere Holzscheite wie bei einem Tipi kreisförmig aneinander. Dann brachte ich ein Stück bröckeligen weißen Kohlenanzünder mit einem Streichholz zum Brennen und legte das Ganze vorsichtig in die Mitte des Rostes, direkt in die aufgeschichtete Holzpyramide. Geknister. Geprassel. Das Holz hatte seine eigene Musik.

Wenn die Scheite dann richtig brannten, warf ich ein paar Briketts nach, die ich vorher in einem Blecheimer aus dem Keller geholt hatte. Nach einer reichlichen halben Stunde schaute ich nach, ob die Kohlen schon orangerot glühten. Ab und zu sprühte es kleine gelbe Funken. So stellte ich mir das Höllenfeuer vor.

Wenn ich vergaß, die Ofentür rechtzeitig zuzuschrauben, saßen wir ein paar Stunden später im Kalten. Ein paar Mal ist mir das passiert, und ich musste noch einmal Feuer machen. Vater schaute mich nur streng an. So wurde es in der Stube eben erst später kuschelig warm. Für mich war es sehr beruhigend, wenn ich mit dem Rücken an den warmen Kacheln lehnte und den Gesprächen der Eltern lauschte.

Einmal schaute mein kleiner, damals vierjähriger Bruder interessiert zu, wie ich Feuer im Ofen machte. In respektvollem Abstand vor dem heißen Atem des Feuers stand er mit den Händen in den Hosentaschen da und meinte dann kopfschüttelnd: »Durch dieses kleine Loch passt aber die Hexe nicht durch.« Ich drehte mich um und grinste ihn an. Er lächelte verschmitzt zurück.

Ein paar Jahre später haben meine Eltern den Ofen zugunsten einer Ölheizung abgerissen. Das machte mich ein wenig traurig, aber so eine zentrale Hausheizung ist nun einmal praktischer und macht nicht so viel Dreck. Doch die Erinnerungen wärmen mein sentimentales Herz.

# Hasenbrot

Als ich ein Kind war, hatten wir einen kleinen Kaninchenstall am Fahrradschuppen. Während ich die Nager fütterte und ausmistete, brachte mein kleiner Bruder ihnen Kunststücke bei. Sie mussten über Stöcke springen und im Kreis rennen. Für die Vorführungen vor Publikum band er ihnen sogar Schleifen ins Haar. Die Tiere hatten es wahrlich gut bei uns.

Da ich für das Futter der Hasen zuständig war, musste ich im Sommer für frisches Grünzeug sorgen und für den Winter Getreide und Rüben bevorraten. Aber natürlich brauchten die Tiere das ganze Jahr über auch etwas zum Nagen. Das waren in der Regel harte Brotkanten, die aber bei uns selten abfielen. So griff ich zu einem kleinen Trick: Mutter schimpfte ab und zu, wenn ich die Schnitten, die sie mir für die Schule schmierte, nicht aufaß. Dabei schmeckten sie mir sowieso nicht immer, oder ich kam einfach nicht dazu, sie vollständig zu essen. So trocknete ich diese und gab die Brote dann den Hasen zum Knabbern. So musste ich die Backware nicht wegwerfen und Mutter hatte nicht mehr zu schimpfen.

Längst habe ich keine Kaninchen mehr, aber meine Kinder bringen manchmal auch angebissene oder gar unversehrte Schnitten aus der Schule mit nach Hause. Dann sage ich zu ihnen: »Habt ihr wieder Hasenbrot mitgebracht?« Zuerst schauten sie mich fragend an. Als ich den beiden die Geschichte vom Hasenbrot erzählte, wollten sie gleich ein Kaninchen als Haustier haben. Da hatte ich dann den Salat: Das Kinderzimmer ist zu klein für einen Hasen, der Kunststücke erlernen soll.

Aber wir trocknen das Hasenbrot trotzdem und schaffen es gesammelt zum Bauern. Er gibt es seinen Kaninchen und Hühnern. Wir bekommen dafür frische Eier, die wir am selben Abend als Spiegelei und mit frischem Brot verspeisen.

# Butterbrötchen und Kakao

Mit meiner Oma konnte ich nie telefonieren. Als sie ging, war ich dreizehn Jahre alt, und wir hatten keinen Fernsprecher. Kaum jemand im Osten Deutschlands nannte ein Telefon sein Eigen. Aber das war nicht weiter schlimm, denn meine Großeltern wohnten im Nachbardorf, knapp fünf Kilometer von der elterlichen Wohnung entfernt. So radelte ich ab und zu hinüber. Doch am liebsten verbrachte ich einen Teil der Sommerferien bei ihnen. Es waren schöne Ferien. Ich strolchte auf den Feldern und im Wald umher, naschte im Garten Zuckererbsen, saß im Kirschbaum und ließ mir die roten Kugeln munden.

Damals arbeiteten meine Großeltern im hiesigen Rinderoffenstall, der für mich ein großer Abenteuerspielplatz war: die große Lagerhalle mit den Strohballen (es war verboten, aber ich bin trotzdem darin herumgeklettert), die riesigen Pellethaufen in der Lagerhalle und die halbautomatische Melkanlage mit ihren seltsamen Gerätschaften. Vor dem eigentlichen Stall hatte ich ziemlichen Respekt. So eine Kuh, auch wenn sie hinter Gitterstäben in einer langen Reihe steht, war für mich Halbwüchsigen schon angsteinflößend. Da ging ich lieber zu den Kälbchen, die hatten so schöne große Augen und noch nicht solche langen Zungen.

Manchmal kam Oma mittags nach Hause und kochte mir einen Kakao. Kein süßes Pulver, wie es jetzt überall zu kaufen gibt, sondern den dunklen, öligen Kakao. Weil ich gierig war, verbrannte ich mir regelmäßig die Zunge am heißen Getränk. Sie war dann ganz taub, aber das frische Brötchen mit der kühlenden Butter ließ mich den Schmerz vergessen. Dieses Mahl war unglaublich lecker. Großmutter wusste, dass ich mich darüber freute, und servierte mir das Menü jedes Mal mit einem liebevollen Lächeln.

Sie hatte von der harten Arbeit einen festen Händedruck und ihre Haut war ziemlich rau. Aber ich kannte es nicht anders. Es gehörte einfach zu ihr. So war meine Großmutter, und sie war ein sehr herzlicher Mensch, den ich ungemein mochte. Gern hätte ich sie noch länger um mich gehabt. Aber sie wollte nicht. Manchmal fehlt sie mir sehr.

# Opa Langbein

Mein Sohn traut sich nicht, die Schuppentür zu öffnen, um sein Fahrrad herauszuholen. Als Ausrede gibt er an, Weberknechte würden die Tür bewachen. Ein zwölfjähriger Junge hat Angst vor Spinnen. Ich seufze tief und laut hörbar.

Aber was sind Weberknechte eigentlich für Tiere? Die Weberknechte, auch Schuster, Kanker, Zimmermann oder Opa Langbein genannt, stellen eine Ordnung der Spinnentiere dar. Da sie über keinerlei Spinndrüsen verfügen, können sie keine Netze spinnen. Sie haben auch keine Giftdrüsen, sondern nur eine Art Stinkdrüsen, über die sie im Notfall giftige Substanzen absondern, um Angreifer abzuwehren. Und im Gegensatz zu den Webspinnen haben die männlichen Exemplare einen Penis als echtes Geschlechtsorgan. Darauf wollen wir an dieser Stelle aber nicht weiter eingehen.

Die Achtbeiner haben zum Teil extrem lange Beine, die schon mal die 25-fache Körperlänge erreichen können. Bei einigen Arten macht das bis zu 16 cm pro Bein. Aneinandergelegt, ergibt das 128 cm Beinlänge pro Spinne. Fast so lang wie ein zwölfjähriges Kind.

Dies erzähle ich meinem Sohn. Er hört gespannt zu, grinst, geht zum Schuppen und holt sein Rad. Im Vorbeifahren ruft er in meine Richtung: »Die Tür war frei, Opa Langbein ist bestimmt auf Futtersuche.« Ich schmunzele still in mich hinein.

# LEGO-Fieber

Fast jeder kennt die kleinen bunten Plastikbausteine, mit denen man wunderbare Dinge bauen und seine kreative Fantasie ausleben kann. Aufgrund meiner frühen Geburt im östlichen Teil Deutschlands hatte ich allerdings keine LEGO-Steine, sondern das DDR-Pendant, die PEBE-Klemmbausteine. Diese ähnelten dem LEGO-System, jedoch ging die Steinevielfalt bei Weitem nicht über das Grundsortiment des Originals hinaus.

Gespielt habe ich dennoch sehr viel damit und Raketen, Piratenschiffe und verschiedene Fahrzeuge gebaut. Genau erinnere ich mich noch daran, dass die Steine nach längerem intensiven Konstruieren nicht mehr so fest aufeinandersaßen. Ich habe dann immer kleine Papierschnipsel zwischen sie Steine gelegt, damit sie besser hielten. In diesen Momenten vermisste ich die »richtigen« Bausteine schmerzlich.

Inzwischen habe ich selbst Kinder und die LEGO-Welt steht in jedem Spielwarengeschäft in bis zur Decke gefüllten Regalen zur Verfügung. Ich gebe zu, manchmal überkommt mich das LEGO-Fieber, und dann gehe ich mit meinen Nachkommen einfach in den Laden, nur um vor diesen Regalen zu stehen und selbst wie ein Kind mit leuchtenden Augen die bunten Pappkartons zu bestaunen.

Dort gibt es die neuesten Kataloge, die natürlich gleich mitgenommen und zu Hause ausgiebig gewälzt werden. Mein Sohn markiert dann fast die Hälfte der Katalogartikel mit einem dicken Filzstift. Ankreuzen von mir aus kann er alles. Was er dann bekommt, steht auf einem anderen Blatt.

Schon seit er acht Jahre alt war, favorisiert er Star Wars, und es gab bereits den einen oder anderen Ewok-Angriff oder Sternenkrieg im Kinderzimmer. Meine Tochter wählt sich lieber

Eigenheime mit einer 3-in-1-Bauanleitung aus oder etwas, was mit Pferden zu tun hat. Das nenne ich vorausdenkend und zielstrebig.

Als die Kinder noch kleiner waren, durfte ich ihnen beim Aufbauen helfen. Da habe ich mich schon beim Kaufen darauf gefreut, stundenlang mit den beiden vor den Bergen kleiner Plastiksteine zu sitzen und zu sehen, wie langsam das Raumschiff oder das Gebäude seine Form annahm. Nur jetzt wollen sie alles allein aufbauen. Inzwischen habe ich mir einige große Sets nur für mich selbst gekauft und allein aufgebaut!

Eines gefällt mir an den Klemmbausteinen aber überhaupt nicht: Wenn ich abends nach den Kindern schaue und dabei barfuß auf einen dieser eckigen, unheimlich harten Steine trete. Ja, so habe ich das Leisefluchen erlernt.

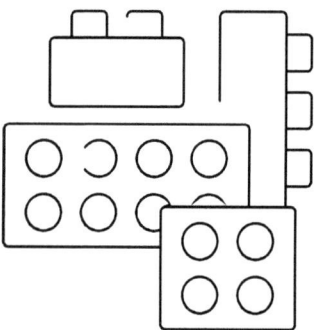

# Solche Filme sind noch nichts für dich!

An Wochenenden, wenn es draußen kalt und regnerisch ist, könnte man es sich auf dem Sofa gemütlich machen, selbst gebackenen Kuchen essen, dazu einen Kaffee schlürfen und Serien schauen, bis der Fernseher fragt, ob er sich ausschalten soll, weil er schon seit sechs Stunden am Stück läuft. Man kann aber auch die großen verstaubten Aufbewahrungskisten unter dem Bett hervorziehen und Dinge aus vergangenen Tagen anschauen, sortieren und gleich ausmisten.

Dabei fielen mir Zeichnungen, Übungshefte und beschriebene lose Zettel meines Sohnes in die Hände, die sich im Laufe der Jahre angesammelt hatten. Mit meistens einem Schmunzeln schaute ich mir alles an. Ein vollgeschriebenes Blatt Papier lies mich jedoch kurz stutzen, aber da ich die Rechtschreibfehler korrigiert hatte, konnte ich mich nach kurzem Kramen in den Tiefen meines Hirns an die Gegebenheit erinnern:

Mein Sohn war elfeinhalb Jahre alt (zum Glück hat er das Datum wie bei einem Schuldiktat auf das Blatt geschrieben), und ich wollte mir abends »Dobermann« (einen seinerzeit indizierten französischen Film aus dem Jahr 1997 mit Vincent Cassel als Anführer einer Bande von Bankräubern) anschauen. Die kleine Schwester schlief schon längst, doch er wollte Stärke markieren und war wohl auch ein wenig neugierig auf den Erwachsenenfilm, aber ich schickte ihn trotzdem ins Bett. Da musste ich hart sein. Wie gewöhnlich war er voller Gedanken und schlief nicht gleich ein. Er setzte sich an den Schreibtisch und schrieb folgende Zeilen, die er mir am Morgen danach zeigte:

»Mit den Worten ›Solche Filme sind noch nichts für dich!‹, hatte mich mein Papa sicherheitshalber ins Bett geschickt. Befehlsgemäß niedergestreckt lag ich da, grübelte über das ›noch nichts‹ nach, tröstete mich mit der Perspektive und dem Krimi-krach, der durch die Schlafstubentür drang. In meiner Fantasie stellte ich mir vor, wie sie im Fernsehen vor Vaters und Mutters Augen lustig mordeten. Dazu blubberte eine Musik, die nichts Gutes ahnen ließ und mehr als einer Schießerei aus Trompeten und Posaunen ähnelte.«*

Damals war ich wirklich perplex, mit welch Wortgewandtheit er seinen Gedanken Ausdruck verlieh. In dieser Zeit schrieb er noch mehrere kleine Geschichten, doch leider hörte er irgend-wann damit auf und gab sich dem Programmieren hin, das er inzwischen auch beruflich verfolgt. Doch vielleicht fängt er wie-der an zu schreiben. Sein Vater würde sich sehr darüber freuen.

*Meinen Sohn habe ich natürlich vorher um Erlaubnis gefragt, ob ich den Text veröffentlichen darf. Nach seiner Zustimmung berich-tigte ich die Zeilen orthografisch.*

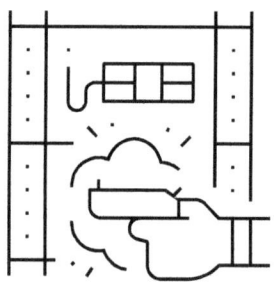

# Seelenbaum

Als ich letztens mit meiner Tochter durch den Winterwald schlenderte, erinnerte ich mich an einen Film, den ich kürzlich sah. Darin versuchte ein Vater seiner etwa neunjährigen Tochter bei ihren Waldspaziergängen die Schönheit der Natur und vor allem die Faszination der Bäume näher zu bringen. Er erklärte ihr, dass jeder Mensch einen Seelenbaum hat, dem er alles anvertrauen kann. Ein Baum, der so ist wie der Mensch, innerlich und äußerlich. Es ist jedoch sehr schwer, den richtigen Baum zu finden. Manche suchen ihn ein Leben lang und finden ihn nicht.

Im Winter, wenn kein Laub an Ästen und Zweigen hängt, sieht man die Seelen der Bäume besonders gut: die krummen, verwachsenen Stämme; welche mit abgebrochene Ästen, andere mit Beulen oder Baumpilzen. Die mit dicken, furchigen Stämmen und gleich daneben die ranken und schlanken, fast makellosen Exemplare. Bäume mit hohlem Stamm und solche, die mit Moos bewachsen sind. Bäume, die so verschieden sind wie wir Menschen auch.

Dies alles erzählte ich meiner ebenfalls neunjährigen Tochter, die sehr interessiert zuhörte. Während wir weiter den Weg entlang stapften, betrachteten wir die Bäume und überlegten, welcher von ihnen zu uns passen könnte. Ich zeigte auf eine kleine schlanke Buche und meinte, dass sie doch ganz gut zu meiner Tochter passen würde. Sie stimmte zu und ging nachdenklich weiter. Wenig später wies sie auf eine dicke, knorrige Eiche, schaute mich ernst an und sagte, dass dies mein Seelenbaum wäre.

Ich schaute wohl ein wenig zu unglaubwürdig entsetzt, und dann fingen wir beide an zu lachen. Es ist offenbar doch nicht so einfach, sein Baumäquivalent zu finden.

# Geschichten

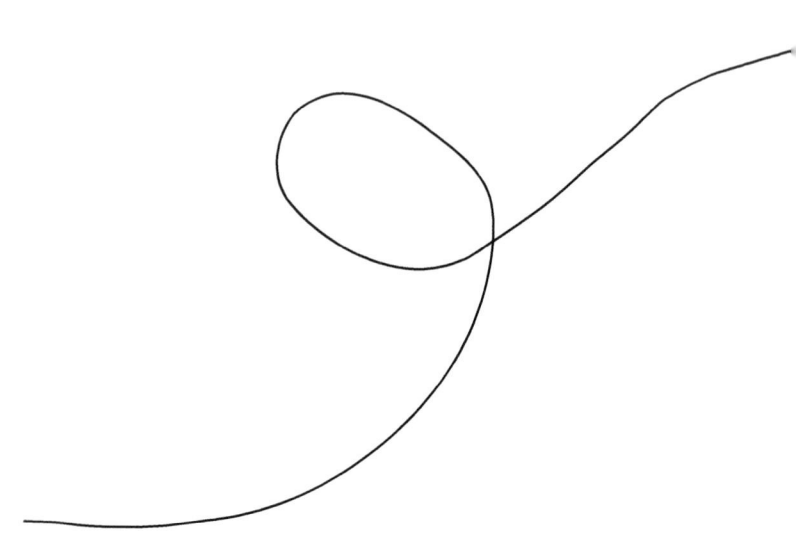

# Vom Versuch, einen Schmetterling zu zähmen

Als die Morgen kühler werden und braunkappige Butterpilze zwischen Gras und Spinnweben wachsen, fliegt ein Tagpfauenauge in das Zimmer des Mädchens. »Er hat sich verflattert«, ruft sie und ist glücklich, als er auch am dritten Tag noch an ihrer Gardine hängt. Ab und zu gaukelt er durchs Zimmer.

»Endlich habe ich auch ein Tier!« Das Mädchen bettelt: »Warum kann ich mir keinen Schmetterling zähmen? Bestimmt bleibt er freiwillig im Zimmer!« Dass ein Tagpfauenauge den Winter nicht überlebt, will sie nicht wahrhaben.

Doch je kürzer die Tage werden, desto länger schläft der Schmetterling. Von Tag zu Tag wird er blasser wie die Sonne im November. Er kann nicht mehr fliegen. Eines Tages fällt er wie ein Ascheflöckchen von der Gardine. Das Mädchen ist traurig. Sie öffnet das Fenster. Vielleicht hilft die frische Luft ihrem Tier. Doch der Wind hebt das Flöckchen auf und trägt es aus dem Zimmer hinaus, die Wiese entlang, zum Feld hinüber. Mit tränenbedecktem Gesicht steht das Mädchen am offenen Fenster.

Im nächsten Sommer kommt ein Tagpfauenauge aus den hohen Brennnesseln geflattert, lässt sich neben dem Mädchen nieder und klappt die Flügel hoch und wieder auseinander. Der blaue Augenfleck leuchtet auf. Sie lächelt und weiß nun, dass man nicht besitzen muss, was man liebt.

# Die Fliege, die lesen wollte

Die Sonne blinzelt müde durch den wolkenverhangenen Winterhimmel direkt in das Buch, welches ich gerade lese, während ich bequem auf dem Sofa lümmele. Meine Augen rasen die Zeilen entlang. Doch plötzlich sitzt ein dicker schwarzer Fleck am Ende des Absatzes. Es ist *Musca domestica*, die Gemeine Stubenfliege.

Mit einer kurzen Handbewegung verscheuche ich das Insekt, doch es kommt lautlos wieder, versucht, mein Buch mitzulesen. Wieder verjage ich die Fliege. Trotzig landet sie an der gegenüberliegenden Wand und läuft provokativ einige Runden Schlittschuh auf der Raufasertapete. Dann hält sie inne und starrt mich an. Zumindest habe ich das Gefühl, sie äugt zu mir herüber.

Ich lese weiter. Nach wenigen Zeilen schweift mein Blick zur Wand. Die Fliege ist verschwunden. Ich lege das Buch beiseite, stehe auf und suche sie im gesamten Zimmer: In den Falten des Vorhangs, in den Regalen, auf dem Kronleuchter. Nirgends sehe ich den Hautflügler. Es hat sich vor mir versteckt, dieses raffinierte Insekt!

Zurück auf der Couch, versinke ich wieder in der Handlung des Buches. Kurze Zeit später krabbelt mir etwas am Ohr. Instinktiv mache ich eine abwehrende Handbewegung und sehe, wie Frau Fliege in Eilgeschwindigkeit zum Fenster saust. Schnell springe ich auf, öffne das Fenster und hoffe, dass die Fliege den Weg nach draußen findet. Doch plötzlich ist sie wie vom Erdboden verschwunden. Langsam wird mir kalt, und ich schließe das Fenster.

Die nächsten Tage lese ich das Buch weiter und irgendwie vermisse ich etwas. Meine sechsbeinige Lesegefährtin ist nicht mehr da. Immer wieder unterbreche ich das Lesen, und mein Blick geht zur Wand, aber niemand läuft dort seine Runden. Weiße Raufasertapete, sonst nichts.

Einige Tage später entdecke ich sie in der Blumengießkanne: Die durchsichtigen Flügel ausgebreitet, die Beinchen wie Würzelchen nach oben gestreckt. Ertrunken im Wasser, das meinen Pflanzen Leben spendet. Tragisch, denn ich hatte ihr schon ein Leselernbuch gekauft.

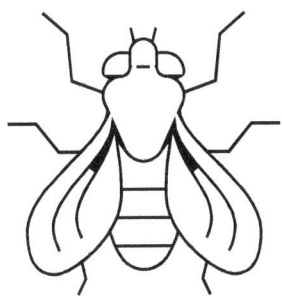

# Der Kampf um die Eierschecke

Ein warmer Windhauch streichelt zärtlich mein Gesicht. Er lässt die Blätter der alten Linde über mir leicht hin- und hertanzen. Im Liegen sehe ich die Sommersonne durch das üppige Grün hindurchblinzeln. Ich kneife die Augen zusammen. Neben mir laben sich einige Wespen an der halb aufgegessenen Eierschecke. Ich lasse sie gewähren, schließlich habe ich mir schon anderthalb Stück der delikaten Backware einverleibt. Ein Hautflügler krabbelt voller Elan aus der Kaffeetasse. Wahrscheinlich hat diese Wespe einen Koffeinschock erlitten, denn sie rast im Steilflug nach oben und verschwindet im Grün der Baumkrone. Ich schiebe mir den Strohhut über das Gesicht und döse vor mich hin.

»Das ist unsere Eierschecke, wir haben sie zuerst gesehen!«, herrscht die Wespe ihresgleichen an. »Nein, sie gehört uns, den Gelb-Schwarzen Wespen vom Südhügel«, erwidert barsch die andere Wespe. »Ihr Südhügelwespen habt überhaupt nicht das Recht, euch unter der alten Linde aufzuhalten, geschweige denn, irgendwelche Leckereien zu naschen«, schmäht der andere Hautflügler zurück. »Nur die Schwarz-Gelben Wespen vom Nordhügel dürfen hier fliegen.« Die Wespen streiten sich weiter, inzwischen kommen noch mehr Artgenossen hinzu und alle schimpfen und zetern wild durcheinander. Es fallen Begriffe wie gelb-schwarzer Kuchendieb, schielendes Facettenauge, schwarzgelbes Fünfbein und noch andere Worte, die ich nicht wiederholen möchte.

Die Gelb-Schwarzen und die Schwarz-Gelben steigern sich so in ihre Schimpftiraden hinein, dass sie gar nicht merken, dass die Waldameisen inzwischen still und leise den Kuchen aus dem Kampfgebiet gebracht haben. Es dauert mehr als eine Weile, bis die Streitwespen sich beruhigen. Dann sehen sie, dass der

Kuchen verschwunden ist, nur der Teller und der Löffel liegen einsam auf dem Boden. Es herrscht plötzlich Stille, nur der Wind säuselt in den Blättern.

Just in diesem Moment hören die Hautflügler vom Boden eine Stimme rufen. Auf der Spitze des Kaffeelöffels steht eine Waldameise und gestikuliert wild mit dem vorderen Beinpaar. Die Gelb-Schwarzen und die Schwarz-Gelben Wespen haben Respekt vor den emsigen Ameisen, sie platzieren sich kreisförmig um den Löffel und lauschen der Fleißmeise: »Wir Ameisen haben schon lange mit angesehen, wie ihr Nordhügler und ihr Südhügler euch wegen Kleinigkeiten bekriegt. Warum geht ihr nicht friedfertig miteinander um, wir können die Dinge miteinander teilen? Es ist genug für alle da.« Murrendes Summen weicht langsam einem Du-hast-ja-irgendwie-recht-Summen.

»Nur gemeinsam können wir unser Tal erhalten, wir müssen uns gegenseitig helfen, statt uns das Leben schwer zu machen«, führt die Ameise weiter aus. Die beiden Wespen, die den Streit vom Zaun gebrochen haben, lassen die Köpfe hängen. »Nun reicht euch schon die Vorderbeine und vertragt euch!«, weist die Ameise an. Die beiden tun wie geheißen. Die Waldameisen schaffen den Kuchen wieder herbei, und die Wespen summen fröhlich drum herum.

Ich schrecke auf und blinzle gegen das grelle Licht. Der Schlaf muss mich übermannt haben. Noch immer wuseln die Wespen auf dem Kuchen umher. Sie vernichten einträchtig die letzten Reste der Eierschecke. ›Na also, es geht doch‹, denke ich und lasse mich wieder ins warme Gras fallen.

# Gefangen im Licht

Es war einer dieser heißen Sommertage, bei denen man sich schon am Morgen den Feierabend sehnlichst herbeiwünscht. Aber man hat in der Regel weder eine Fee noch eine Elfe zur Hand, die einem da weiterhelfen kann. Irgendwann war dann doch der Feierabend da und die Arbeitskollegen wollten in den Biergarten, da musste man mich nicht lange überreden. Natürlich war aufgrund der überragenden Wetterlage kaum ein Platz frei, aber wir fanden noch einen Tisch, ließen uns nieder, aßen, tranken, lachten, lästerten. Was man eben unter Männern so tut.

Die Zeit rannte, es wurde dunkel und endlich angenehm kühl. Da wir am nächsten Tag wieder unseren Arbeitgeber beglücken wollten, machten wir uns auf den Heimweg. Mit dem Rad fuhr ich ein Stück über den Elbradweg, später bog ich ab und kam durch ein kleines Wäldchen. Dort war es nahezu stockdunkel. Nur das Licht meiner Fahrradlampe strahlte ein weißes Licht auf den Weg. Ein kurzes Knacken im Unterholz ließ meinen Blick nach rechts schweifen.

Dort geisterten kleine weiße Punkte umher. Ich hielt an, um mir das Schauspiel von Nahem anzusehen. Ich stellte mein Rad an einen Baum und ging vorsichtig in den Wald. Am Anfang ahnte ich noch einen schmalen Pfad, der aber wenige Meter weiter von Farnen, Moosen und anderen Pflanzen verschluckt wurde und sich im Nichts verlor.

Die kleinen weißen Lichter tanzten etwas unrhythmisch durch das Unterholz. ›Glühwürmchen. Es sind Leuchtkäfer, die auf Partnersuche sind‹, kramte ich aus meinem Kopf. Die leuchtenden Weibchen locken die Männchen zur Begattung an und nur die am hellsten leuchtenden Weibchen bekommen einen Partner. Diese lassen sich aus etwa zwei Meter Höhe auf die Weibchen fallen. Soweit konnte ich mich noch an mein erweitertes Schulbuchwissen erinnern.

Dann fiel mir ein, dass heute Johannisnacht ist, die Nacht, in der die Glühwürmchen am aktivsten sind. Mich wunderte nur, dass es so unglaublich viele leuchtende Käfer waren. Einen langen Augenblick genoss ich den wundersamen, aber zugleich fesselnden Anblick.

Ich wollte gerade umkehren, da formierten sich die Glühwürmchen zu einem Kreis und tänzelten fast nicht mehr. Sogleich glomm ein zartes Licht aus der Mitte des Kreises auf, welches immer intensiver wurde und sich als wunderschöne blonde Frau im weißen Gewand manifestierte. ›Eine richtige Elfe‹, staunte ich. Sie hatte genauso spitz zulaufende Ohren wie ich. Ob mein erhöhter Bierkonsum schuld an diesen Bildern war, konnte ich nicht sagen, aber die Erscheinung reichte mir die Hand, und ich nahm sie an. Die Hand war weich und irgendwie heiß. Ich spürte eine wahnsinnige Energie in mir, meine Sinne schwanden. Plötzlich wurde alles schwarz um mich herum.

Keine Ahnung, was dann mit mir passiert war. Als ich wieder zu mir kam, lag ich auf dem Waldboden und über mir schwebten viele kleine Glühwürmchen. Alles an mir schien in Ordnung zu sein, ich fühlte keine äußeren Verletzungen. Ein wenig benommen stand ich auf und suchte den Weg zu meinem Fahrrad. Ein Blick zurück ins Unterholz zeigte mir scheinbar unschuldig tänzelnde Leuchtkäfer. Ich stieg auf mein Fahrrad und trat in die Pedale. Meine Lenden schmerzten ein wenig. Seltsam.

# So nah und doch so fern

Sonnenstrahlen fallen durch die kleinen Löcher des Faltrollos und kitzeln meine Nase. Ich muss niesen und bin sogleich wach. Ein kurzer Blick zum Wecker sagt mir, dass ich noch über eine Stunde schlafen könnte. Aber draußen gurren sich die Ringeltauben heiser an, und die Elstern streiten sich lautstark um eine glänzende Folientüte. Ich ziehe mir die Decke über den Kopf und versuche, wieder einzuschlafen.

Plötzlich schrillt der Wecker. »Es war doch noch über eine Stunde Zeit«, brummele ich. Schlaftrunken rolle ich aus dem Bett und öffne das Fenster. Kein Taubengurren, kein Elsterzanken. Ich höre Möwengekreische und Meeresrauschen. Verwirrt von den Geräuschen, suche ich meine Brille, um visuell das Gehörte zu verifizieren.

Tatsache, vor meinem Fenster liegt ein weißer Sandstrand und dahinter kräuseln sich sanfte Meereswellen. ›Eine Sinnestäuschung‹, denke ich, während ich meine Hose suche. Ich verlasse die Wohnung, der Strand beginnt gleich vor der Haustür. Barfuß renne ich durch Sand direkt bis ans Wasser. Das Nass ist eisig kalt, dafür bin ich jetzt wach. Meine Füße tragen mich an der frühmorgendlichen Sandküste entlang. Der Wind säuselt mir sanft um den Kopf. Ab und zu fliegt eine Möwe an mir vorbei. Ich drehe mich um: Das Haus ist inzwischen nur ein kleiner Punkt. Mir geht es gut. Ach, was sage ich? Mir geht es super gut!

Plötzlich vermischt sich das Meeresrauschen mit einem mir bekannten Weckerklingeln, welches alsbald unerträglich laut wird. Mühsam erreicht meine Hand die Snooze-Taste. Durch das gekippte Fenster höre ich das heisere Rucksen der Ringeltauben. Wenigstens sind die Elstern ruhig. Es ist 6:15 Uhr. Zeit zum Aufstehen und Fertigmachen für die Arbeit. Ich schlurfe noch etwas schlaftrunken ins Bad. Der Spiegel zeigt mir zerzaustes Kopfhaar. Ein Blick nach unten offenbart mir feinen weißen Sand zwischen meinen Zehen.

# Die Wolfsgrube

Der Weg durch den dichten Wald schien endlos zu sein. Immer wieder zeigte sich eine Biegung und ich dachte: ›Nun muss doch endlich der Wegweiser zu sehen sein!‹ Doch nichts geschah, außer diesem merkwürdigen Knacken, das mal links und dann wieder rechts im Unterholz zu hören war.

Zum Glück schirmte der Wald die Hitze etwas ab, dennoch rann mir der Schweiß von der Stirn. Ich musste blinzeln. Ein Zitronenfalter gaukelte vor mir auf dem Weg, bis er sich auf den leuchtend lilafarbenen Blüten der Kratzdistel am Wegesrand niederließ, während ich weiter über Waldweg ging. Dann endlich, hinter der nächsten Kurve sah ich den Wegweiser stehen, der mir die Richtung zur Wolfsgrube weisen sollte. Daneben stand jemand mit einer Wanderkarte vor dem Gesicht, sichtlich unentschlossen, welcher Weg eingeschlagen werden soll. Das war auch verständlich, denn dem Wegweiser fehlten die Richtungszeiger, diese lagen abgerissen im nahen Dickicht. In meinen Augen eine verurteilungswürdige Tat!

Die Person hinter der Karte entpuppte sich als hübsche Frau mit dunklen Augen und einem durchdringenden Blick, der mich ein wenig erschauern ließ. Sie fragte mich, wie man zur Wolfsgrube komme, der Wegweiser sei ja unbrauchbar. Da hatte sie natürlich recht. Man kann an den Zufall glauben oder auch nicht, aber ich wollte ebenfalls dorthin. Mithilfe der modernen GPS-Gerätschaft war der Weg schnell gefunden, und wir liefen gemeinsam weiter in den Wald. Es ging nun es leicht bergan.

Sie erzählte von sich; dass sie dieses und jenes tue. Jedoch schien sie mir etwas zu verbergen. Ich ließ mir nichts anmerken und erzählte auch ein wenig über mich, jedoch ohne zu viel preiszugeben. Sie saugte meine Worte sichtlich auf.

Eine gute Viertelstunde später hatten wir die Grube erreicht. Laut Infotafel ist sie mehrere hundert Jahre alt, und es wurden dort Wölfe gefangen, weil es dafür einen guten Taler gab. Der Legende nach sei eines Tages eine Magd beim Holzsammeln in die Grube gestürzt, in die kurz zuvor schon ein Wolf hineingeraten sei. Die beiden haben eine ganze Nacht zusammen verbringen müssen, bevor der Jäger am nächsten Morgen bei einem Kontrollgang den Wolf entdeckt und erschossen habe. Die Magd aber war gerettet. Wie sie den Wolf die ganze Nacht lang in Schach gehalten hatte, wusste niemand zu berichten.

Nachdem ich die Zeilen gelesen hatte, sah ich zu der Frau hinüber, und sie sah mich vielsagend an. Ihre Augen blitzten, und ihr Lächeln war nicht von dieser Welt. Langsam begriff ich, was hier vor sich ging. Ich versuchte, die Fassung zu behalten und mir nichts anmerken zu lassen. Dann kam die Frau auf mich zu.

Die Nacht hatte schon begonnen, als ich die Augen öffnete. Mein Kopf war ziemlich benebelt. Nachdem ich mich gesammelt hatte, bemerkte ich, dass ich in der Grube lag und mit Kieferzweigen zugedeckt war. Ein Blick auf die Uhr sagte mir, dass fast zehn Stunden seit der Ankunft vergangen waren. Ich versuchte aufzustehen und bemerkte, dass meine Unterarme Kratzspuren aufwiesen, mein Shirt war etwas zerrissen. Nachdem ich mühsam aus der Grube geklettert war, bemerkte ich, dass mein ganzer Körper ziemlich zerschunden war, dennoch verspürte ich kaum einen Schmerz.

Ich blickte mich um. Natürlich war die mysteriöse Frau verschwunden und so auch ihr durchdringender Blick. Meine Kehle war ausgetrocknet, und ich hatte einen Riesenhunger. Ich stand etwas hilflos da, die Hände tief in den Hosentaschen vergraben. Meine rechte Hand erfühlte etwas kleines Rundes. Neugierig zog ich es aus der Hosentasche und hielt es zwischen Daumen und Zeigefinger ins fahle Mondlicht. Es war eine bleierne Gewehrkugel.

# Die Rückkehr des lilagrünen Steinbeißers

Damals im Ferienlager – ich war neun oder zehn Jahre alt – erzählten wir Jungs uns abends im Bett Geschichten. Jeder versuchte, den anderen zu übertrumpfen. Je gruseliger, desto besser. Draußen war es stockdunkel. Ab und zu hörte man ein Käuzchen durch das offene Fenster rufen.

Die Geschichten drehten sich um die Hexe, die tief im Wald in ihrem Pfefferkuchenhaus auf kleine Kinder wartete, oder um einen Vampir, der sich tagsüber in Großvaters Kohlenkeller versteckte und nachts als Fledermaus über die Dörfer und Städte flog, oder die Erzählungen handelten von dem garstigen Zwerg, der sich am Tag in Nachbars Vorgarten harmlos als Tonfigur tarnt und in der Nacht im nahegelegenen Steinbruch nach Edelsteinen schürft. Doch nichts war realer als der lilagrüne Steinbeißer.

Legenden zufolge soll er sich immer lautlos von hinten an das Opfer anschleichen und dann ganz, ganz leise sein großes, großes, dunkles Maul aufreißen, bevor er zuschnappt. Unbarmherzig. Doch keiner hat ihn je richtig gesehen.

Einer der Jungs sprang behände aus dem Bett und machte das Licht an. Man hörte mindestens sieben Grundschülerherzen laut pochen. Ansonsten herrschte Totenstille im Raum. Plötzlich ging knarrend die Zimmertür auf. Der Gruppenbetreuer stand im Zimmer und fragte, warum denn das Licht brenne, wir sollen schlafen, es sei schon spät. Wir erzählten aufgeregt durcheinander vom lilagrünen Steinbeißer. Der Betreuer hörte sich alles mit ernster Miene an. Manchmal nickte er leicht. »Morgen nach der Wanderung gebe ich euch ein Eis aus«, versprach er. Es herrschte verhaltene Freude im Zimmer. Die Gruselgeschichten waren fast vergessen. »Schlaft schön!«, flüsterte der Betreuer, knipste das Licht aus und zog die Tür leise zu.

# Wer glaubt denn schon an die Eiskönigin?

Kaum war es windstill, begannen die Flocken zu fallen. Erst fiel eine nach der anderen auf das tabakbraune Laub am Waldrand. Dann bedeckte eine Schneeschicht, zart wie der Stoff von Großmutters Gardinen, den steinigen Weg. Anfangs hockten die Maulwurfshügel noch weiß bemützt auf der Wiese gegenüber sichtbar herum, bald waren auch sie unter dem Flockenteppich verschwunden. Die knorrigen Wurzeln der Eichen deckte der Schnee ebenfalls zu. Nebel zog auf. Die ganze Landschaft verstummte unter Weiß.

Jeder Schritt ließ den Schnee unter meinen Füßen knirschen. Es war ziemlich anstrengend, sich den Weg bergan durch die weiße Pracht zu bahnen. Doch ich wollte unbedingt die Höhle finden, in der die Schneekönigin den kleinen Kay gefangen gehalten haben soll, der später von seiner Spielkameradin Gerda gerettet worden war. Es war mühsam, den Eingang aufzuspüren, gerade jetzt, wo es so stark schneite.

Ein Freund hatte mir eine uralte Karte gegeben, in welcher der Eingang handschriftlich gekennzeichnet war. Doch war es schwierig aufgrund fehlender Koordinaten die richtige Stelle zu finden. Aufgrund der anstrengenden Wanderung begann ich leicht zu schwitzen. Auf einmal sah ich ein Stück vom Wegesrand entfernt eine kleine Felsformation mit dem Hinweis auf eine eventuelle Höhle. So schlug ich mich durch das schneebedeckte Gestrüpp, in dem ich mich natürlich verhedderte und mir die Stacheln der Sträucher durch die Kleidung in die Haut stachen, als wollten sie verhindern, dass ich weitergehe.

Irgendwann stand ich doch vor den Felsen. Kein Vogel war zu hören, kein Baum ächzte, nur der Schnee fiel in großen Flocken lautlos zu Boden. Es war geradezu unheimlich. Mein Blick schweifte umher, aber ich konnte nichts entdecken. Noch einmal nestelte ich die Karte hervor und schaute mir den angekreuzten Standort an. Ich müsste hier richtig sein. Ich lief herum auf der Suche nach einem möglichen Eingang. Nichts. So langsam dämmerte es schon, und ich sollte mich auf den Rückweg machen. Dann entdeckte ich hinter einem Brombeerbusch einen von dicken Eiszapfen verdeckten Eingang, wie ein Gefängnis aus Eis.

Er war viel kleiner, als ich angenommen hatte. Ich bückte mich, um mit der Taschenlampe in den Eingang zu leuchten. Aus dem Dunkel wehte mir ein eisiger Atem entgegen. So kalt, dass mir die Luft wegblieb. Ich richtete mich auf, und urplötzlich wandelte sich der sanfte Schneefall in einen Schneesturm. Er peitschte um mich herum. Von den Baumkronen fiel der Schnee herunter, als würde man ganze Badewannen über mich ausschütten. Schnell versuchte ich, auf den Weg zurückzukommen und den Berg hinab ins Dorf zu steigen. Der Sturm fauchte, sodass ich nicht einmal den Schnee unter meinen Schuhen knirschen hörte.

Atemlos erreichte ich den Waldrand und drehte mich noch einmal vorsichtig um. Ich hätte schwören können, dass über dem Wald die Schneekönigin mit ihrem langen Mantel kreiste. Aber vielleicht ist mir auch nur eine große Schneeflocke ins Auge gefallen.

# Weihnachten ——

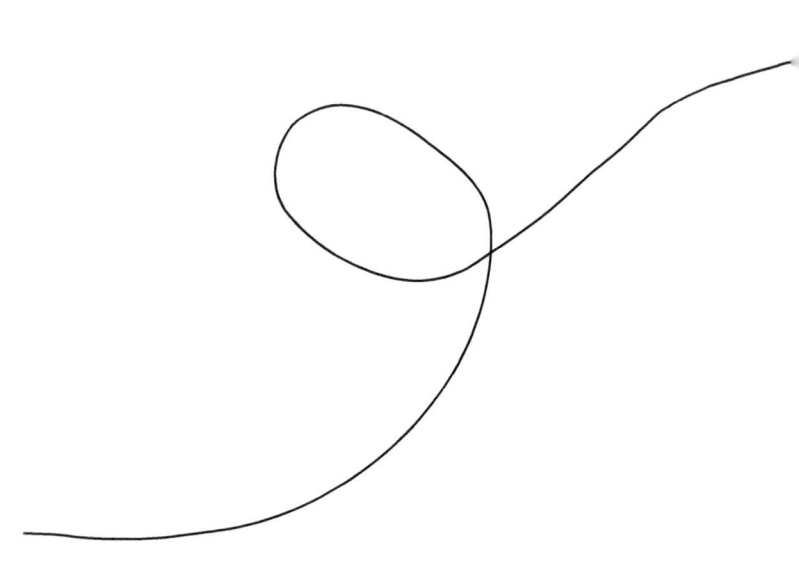

# Unverhoffter Besuch

Es war wieder einer dieser nasskalten Tage, an denen man im Dunkeln aus dem Haus geht und bei Finsternis wieder von der Arbeit nach Hause kommt. Der zweite Advent war schon vorüber, aber so recht wollte keine vorweihnachtliche Stimmung aufkommen, obwohl die Wohnung recht passabel festlich geschmückt war.

Geschafft von der Arbeit kochte ich mir einen Tee, zündete drei Kerzen an und kramte eine original Crottendorfer Räucherkerze hervor. Diese hielt ich zwischen Daumen und Zeigefinger an die Flamme einer Kerze bis die rote Glut an der Spitze des Räucherkegels zu sehen war. Dann stellte ich sie auf den Boden des bunt bemalten Blechhäuschens.

Ich setzte mich auf den Stuhl, wärmte meine Hände an der heißen Teetasse und schaute dem Rauch zu, wie er in sanften Stößen aus dem Schornstein des blechernen Häuschens entwich. Gedankenverloren lauschte ich der Musik, die im Hintergrund sanft aus dem Radio dahinplätscherte.

Plötzlich klingelte es an der Tür. Ich zuckte zusammen, denn ich erwartete niemanden. Behutsam schlich ich in den Flur, sah durch den Türspion und sah gleich noch einmal hindurch: Draußen stand Elvis in einem kitschigen roten Weihnachtsmannmantel. Ich rieb mir die Augen und öffnete langsam die Tür. Der Mann, den ich für Elvis hielt, lächelte, und ich bat ihn hinein. Er war sogar so höflich und zog seine dicken Winterstiefel aus, seinen roten Samtmantel mit dem weißen Plüschbesatz wollte er jedoch anbehalten.

Wir gingen in die Küche, ich bot ihm eine Tasse Tee an, denn er sah ziemlich durchgefroren aus. Ich wollte von ihm wissen, warum er gerade zu mir gekommen sei, denn ich war schon etwas verwirrt. Er beantwortete meine Frage nicht, aber wir unterhielten uns über vergangene Zeiten und darüber, wie schön es damals war. Anders als jetzt, in dieser hektischen und turbulenten Zeit. Er strich sich beim Erzählen gekonnt mit der rechten Hand über seine Tolle, die wie immer perfekt gestylt war. Ein kräftiger Schluck Rum machte den Tee süffiger.

Zwischendurch sangen wir zusammen Weihnachtslieder, wobei ich neidlos anerkennen musste, dass Elvis eben ein besserer Sänger war als ich. Aber den Hüftschwung wollten wir aus alkoholtechnischen Gründen dann doch nicht mehr probieren, denn der Rum war ganz schön zur Neige gegangen. Von den Keksen, die ich zwischenzeitlich herbeigeholt hatte, lagen auch nur noch wenige Krümel auf dem Teller.

Mit einem Male erhob sich der King und verabschiedete sich doch recht schnell. »Ich muss weiter«, sagte er. Etwas schwerfällig zog sich Mister Presley seine Stiefel an, zupfte den Mantel zurecht, und als er draußen auf der Treppe stand, drehte er sich noch einmal um, zwinkerte mir zu und rief: »Fröhliche Weihnachten!«

Total überwältigt von dem unverhofften Besuch, torkelte ich in die Küche zurück. ›Es war wohl doch zu viel Rum im Tee‹, dachte ich. Die Kerzen waren fast heruntergebrannt. Dann hörte ich den King schon wieder. Aus den Lautsprecherboxen des Radios tropfte: »Santa Claus is back in town«. Elvis, du Schelm!

# Der Tag vor Heiligabend

Der Südostwind weht ganz sanft an diesem Nachmittag des 23. Dezember. Er streichelt zart mein Gesicht. Zumindest den Teil, der nicht von Mütze und Schal bedeckt ist. Die Kälte zwickt sanft auf der Haut. Ich vergrabe meine behandschuhten Hände noch tiefer in die Manteltaschen. Jetzt bin ich am Waldrand angelangt. Ahornbäume begrüßen mich zur Rechten, Eichen und Buchen nicken mir leicht zur Linken zu. Es herrscht absolute Stille. Kein Vogel zwitschert oder tiriliert. Nicht einmal meine eigenen Schritte höre ich, denn es liegt kein Schnee, der unter meiner Last knirschen könnte. Das Herbstlaub ist vom Frost auf dem Weg angeklebt.

Inzwischen bin ich an der Kieferschonung angekommen. Dunkelgrün, in Reih und Glied einst gepflanzt, stehen die Bäume stumm da. Die Lücken zwischen den einzelnen Reihen bilden lange Tunnel, die endlos erscheinen. Ein faszinierender Anblick.

Ich laufe weiter und sehe rechts von mir auf der Rehwiese einen Fuchs entlang schnüren. Nun, ich werde die Wiese von nun an Fuchswiese nennen. Nachdem ich ein kleines Birkenwäldchen durchstreift habe, sehe ich auf dem Feld vor mir sechs Rehe. Sie sollten eigentlich auf der Rehwiese sein und nicht auf dem Feld der hiesigen Agrargenossenschaft herumstromern. Aber woher sollen die Rehe auch wissen, dass es eine Rehwiese gibt, das hat ihnen ja niemand gesagt. Sie stehen einfach da und spähen in meine Richtung. Ich blicke nun ein wenig grimmig und plötzlich rennen sie los in den schützenden Wald am Ende des Feldes. Aber so böse habe ich nun auch wieder nicht geschaut.

Diese Stille hat schon etwas Anmutiges. Kein Zweig bewegt sich. Dann segelt etwas Weißes neben mir auf das Heidekraut. Es ist wohl ein Mauserfederchen einer Meise oder eines Finks.

Langsam bricht die Dämmerung herein und ich mache mich auf den Rückweg. Mit einem Mal fällt noch mehr Weiß vom Himmel. Erst zaghaft, dann wird es immer mehr. Es schneit. Bald ist das Anthrazit meines Mantels nicht mehr zu erkennen. Eine weiße Jacke steht mir aber auch. Einige Schneeflocken setzen sich auf meine Brille, andere auf meine Lippen, doch diese schmelzen sofort.

Inzwischen hat der Waldboden einen weißen Anstrich bekommen, und so finde ich mich im Halbdunkel besser zurecht. Der Schneefall ist aber bald so stark, dass ich nur noch wenige Meter sehen kann. Lautlos fallen Millionen von Flocken auf die Erde. Daran kann sich der Regen mit seinem Geprassel mal ein Beispiel! Bald liegt der Wald hinter mir, es schneit nun sanfter. Ich sehe die Lichter des Dorfes von Ferne leuchten. In der Weihnachtszeit sind auch die Vorgärten und die Fenster mit bunten Lichtern und allerlei Dekorationen versehen. Es bereitet mir immer wieder Freude, einen verstohlenen Blick in die Häuser zu werfen, um zu sehen, wie die Menschen ihre Wohnung geschmückt haben.

Dann bin ich auch schon zu Hause, klopfe vor der Haustür den Schnee vom Mantel. Drinnen koche ich mir einen Tee, zünde jede Menge Kerzen an und lege Weihnachtsmusik auf. Ungeduldig wartet auf dem Sofa das fast ausgelesene Buch auf mich. Heiligabend kann kommen. Ich bin bereit.

# Let it snow

Die kleine Pyramide mit dem Holzsammler, dem Jäger und der Pilzsammlerin dreht sich emsig im Kreis. Ein nimmermüdes Weihnachtskarussell möchte man meinen, aber wenn die Kerzen heruntergebrannt sind, bleiben die Figuren stehen und die heimelige Atmosphäre ist hinüber. Doch jetzt kreisen sie stumm Runde um Runde, und es wundert mich, dass es den drei Leuten nicht schwindelig wird von der ganzen Dreherei. Aber sie schauen seit jeher freundlich stur geradeaus. Die Kerzen flackern ganz leicht.

Im Hintergrund singt Dean Martin etwas pathetisch »Let it snow«. Es ist eines der wenigen Lieder, die in mir weihnachtliche Stimmung auslösen. Dabei fällt mir ein, dass ich mir dieses Jahr mal wieder den sehr einfühlsamen Weihnachtsklassiker »Stirb langsam« anschauen sollte, denn in diesem Film ist der Song mehrfach an markanter Stelle zu hören. Bisher hatte ich angenommen, dass Frank Sinatra das Lied als Erster zu Gehör gebracht hatte, aber dem ist nicht so, denn der Sänger, Trompeter und Orchesterleiter Vaughn Monroe nahm den Titel Ende Oktober 1945 zuerst auf. Der Song avancierte damals zur Weihnachtshitsingle. Frank Sinatra coverte den Song bereits fünf Wochen später, doch er konnte die Monroe'sche Version nicht toppen. Wahrscheinlich ist deshalb im Film auch das Original zu hören. Aber sei es drum.

Bei mir läuft die Fassung von Dean Martin im Player, vor allem deswegen, weil auf dem Silberling noch andere Weihnachtsklassiker zu hören sind. Mit seiner beruhigenden Stimme bringt mich der »King of Cool« in eine seltsame Weihnachtsmelancholie und Vorfreude zugleich. Aber ich schweife ab.

Weihnachten hat Rituale. Deswegen sitze ich am Küchentisch und enthäute frisch gekochte Pellkartoffeln, die später Hauptzutat des leckeren Kartoffelsalats sein werden, der an Heiligabend etliche Familienmitglieder in ein mehrere Tage andauerndes Fresskoma schicken wird. Mich natürlich auch.

Doch der Kartoffelsalat und die dazu gereichten Würstchen sind nur der Anfang einer langen Völlerei. Es naht der erste Feiertag bei den Schwiegereltern, die essensversorgungstechnisch das ganze Jahr über auf diesen einen Tag hingearbeitet haben. Am zweiten Weihnachtsfeiertag, der zugleich Geburtstag meiner Mutter ist, würde so manches Fünf-Sterne-Restaurant vor Neid erblassen. Nachts wenn mich der volle Bauch überhaupt schlafen lässt, werde ich von gebratenen Gänsekeulen, Rindsrouladen und Wiener Würstchen träumen, die ein Weihnachtsballett aufführen und sich anschließend einen erbitterten Schwimmwettkampf in der Rotweinsauce liefern. Diese kulinarischen Albträume werden mich bis ins neue Jahr begleiten, aber das werde ich hoffentlich überleben. Ich habe ja 51 Wochen Zeit, mich davon zu erholen.

Inzwischen schneide ich die Kartoffeln in Scheiben und vermenge sie mit den übrigen Zutaten zu einem schmackhaften Salat. »Fröhliche Weihnachten!«, ruft mir John McClane mit seinem schelmischen Lächeln zu. Im Hintergrund läuft dank der Repeat-Funktion des CD-Players erneut »Let it snow«. Draußen fangt es ganz sachte an zu schneien.

# Weihnachtsmorgen im Wald

Mit Großvater holten wir als Kinder früher am Heiligabend das Bäumchen aus dem Wald nach Hause. Längst hatte er es ausgesucht: eine duftende Blaufichte. Sie stand eingeengt und bedrängt von den anderen Nadelbäumen. Es war Zeit für sie. Die übrigen Bäume brauchten Platz. Großvater hatte einen Blick dafür, welche Bäume gefällt werden mussten, und zeichnete sie, indem er mit dem Reißeisen die Rinde ritzte.

Gleich nach dem Frühstück ging es in den Wald. Mein Bruder und ich waren sehr aufgeregt. Großvater hatte sich die Säge in den Rucksack gesteckt, lediglich der Griff schaute oben heraus. Wir liefen über das Feld, der Schnee knirschte unter unseren Füßen, und der Wind pfiff uns um die Ohren. Zum Glück hatte Großmutter darauf gedrängt, dass wir uns dick einmummelten, sodass uns die Kälte und der Wind nichts anhaben konnten. Jetzt waren wir ihr dafür dankbar.

Im Wald angekommen, war der Wind fast völlig verschwunden. Großvater stapfte zielstrebig durch den Winterwald. Die Bäume ächzten unter der Schneelast. Ein Eichhörnchen sprang durch den Tiefschnee, hielt kurz inne und schaute zu uns herüber. Ich meinte zu sehen, dass es uns zuzwinkerte. Dann kletterte es auf einen Baum und verschwand im Geäst. Ich lächelte. Wir liefen weiter.

Kurze Zeit später entdeckten wir quer über den Weg Spuren im Schnee. Wir Kinder blieben stehen und rätselten, wessen Fährte dies wohl sein könnte. Fuchs, Steinmarder oder gar ein Hermelin? Wir fragten Großvater. Er schaute auf die Spuren, verzog nachdenklich die buschigen Augenbrauen und meinte dann wissend, dass die Spuren von Reineke Fuchs stammten. Ich warf meinem Bruder einen verschwörerischen Blick zu. Wir wussten genau, dass wir trotzdem noch einmal im Tierlexikon nachschauen würden, denn Großvater flunkerte manchmal.

Wir stapften weiter in den Wald hinein. Die Morgensonne ließ den Schnee vor uns glitzern und funkeln. Es war, als hätte Frau Holle Puderzucker über dem Wald verteilt. Der Anblick war traumhaft.

Wenig später erreichten wir einen dichten Baumbestand. Wir zwängten uns zwischen den Nadelbäumen hindurch. Dabei fiel uns Schnee von den Ästen auf die Köpfe und ins Gesicht. Wir lachten. Dann blieb Großvater stehen und zeigte stumm mit einer Hand auf eine Fünfergruppe Blaufichten.

Schnell liefen wir Kinder zu den Bäumen. Mein Bruder entdeckte als Erster Großvaters Ritzzeichen. Inzwischen hatte Großvater die Säge aus dem Rucksack geholt und begann mit der Arbeit. Nach wenigen Augenblicken kippte die Blaufichte nur ein Stück nach vorn. Die anderen Bäume wollten sie wahrscheinlich nicht gehen lassen. Mein Bruder und ich zogen ein wenig an dem abgesägten Baum und dann lag er vor uns im Schnee: fast gerade gewachsen und die Äste voller glänzender Nadeln. Kein Prachtexemplar, aber es war unser Weihnachtsbaum!

Großvater meinte, dass wir noch ein Stück weitergehen sollten, zur Lichtung, da gäbe es noch eine Überraschung. Dabei zwinkerte er mit den Augen. Neugierig stürzten wir Kinder los, während Großvater den Baum schulterte und hinter uns herlief.

Schon bald sahen wir, was Großvater meinte: Sein Nachbar saß mit seinen beiden Enkeln auf der Lichtung. Sie hatten ein kleines Lagerfeuer entfacht und jede Menge Kartoffeln in die Glut gelegt. Wir setzten uns zu ihnen und wärmten uns ein wenig auf. Die beiden Großväter holten die Erdäpfel aus der heißen Glut, sobald die Schalen rissig wurden. Mit ihren Taschenmessern schälten sie die Kartoffeln und reichten diese zusammen mit einem Schälchen Butter herum, mit der wir die Erdäpfel dann bestrichen. Es schmeckte uns so gut, dass wir die Kälte für eine Zeitlang vergaßen. Die beiden Großväter lächelten verschmitzt. Diese Überraschung war ihnen gelungen.

Nach dem Mittagsmahl machten wir uns alle satt und glücklich auf den Heimweg. Schließlich mussten wir Großmutter alles erzählen, den Baum schmücken, auf den Weihnachtsmann warten und vorher noch im Tierlexikon wegen der Spuren im Schnee nachschauen. Sicher ist sicher.

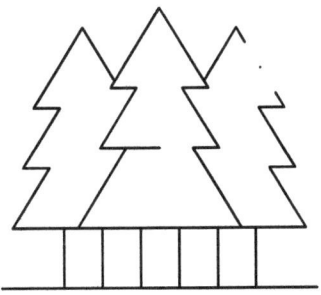

# Tim und der Kosmonaut – eine Weihnachtsgeschichte

Es war Ende November in der kleinen Stadt, aber es war bereits bitterkalt. Tim drückte sich die Nase an der Schaufensterscheibe des Spielzeugladens platt. Immer wieder wischte er mit dem Ärmel seiner Jacke die Scheibe blank, die durch seinen Atem beschlug. Fasziniert und zugleich gedankenverloren schaute er sich den kleinen Kosmonauten in seinem dicken Raumanzug an, der neben einer silbernen Rakete, an der rote Sterne prangten, stand, als wartete er auf den Abflug. Tim meinte, dass er ihm sogar zuwinkte. Zumindest lächelte der kleine Raumfahrer. Unter seinem Helm war das zwar nicht zu sehen, aber Tim glaubte fest daran.

Zu gern hätte Tim die Rakete und den Kosmonauten unter dem Weihnachtsbaum gesehen, doch seine Mutter sagte, neue Schuhe seien wichtiger.

Jeden Tag nach der Schule ging Tim zum Spielzeugladen und hoffte, dass niemand die Rakete mit seinem Kosmonauten gekauft hatte. Aber sie standen immer noch da. Tim war jedes Mal erleichtert. Gemeinsam mit dem Kosmonauten wartete er Tag für Tag auf den Start der Rakete. Sie sollte in den Weltraum zu fernen Planeten fliegen, um diese zu erforschen.

Weihnachten rückte immer näher. Die dritte Adventskerze war schon längst angezündet. Wie jeden Abend, lag Tim in seinem Bett. Der Mond lugte zaghaft durch das Fenster. Die Sterne funkelten am wolkenlosen Himmel. ›Es wäre so schön, wenn ich jetzt mit meinem Kosmonauten und der Rakete spielen könnte.‹ Mit diesen Gedanken schlief Tim ein.

Plötzlich rumorte es an seinem Fenster. Tim erschrak. Verschlafen blinzelte er unter der Decke vor. Der Kosmonaut stand draußen auf dem Fensterbrett und klopfte an die Scheibe.

Schnell sprang Tim aus dem Bett und öffnete das Fenster. Eiseskälte schlug ihm entgegen. Aber das war jetzt egal. Sein Kosmonaut stand vor ihm und redete sogar: »Ich wollte mich von dir verabschieden, meine Mission beginnt gleich. Die Rakete ist startklar. Auf Wiedersehen, Tim.« Da sah der Junge, dass unten auf der Straße die kleine silberne Rakete mit den roten Sternen im Lichtkegel der Straßenlaterne stand. Erstarrt vor Kälte und Freude stand Tim am offenen Fenster. Der Kosmonaut war inzwischen wieder hinuntergeklettert und stieg in die Rakete. Er winkte. Tim hob seine rechte Hand und winkte zurück. Wenig später züngelten kleine rote Flammen unter der Rakete hervor und langsam, mit einem kleinen Zischen, hob die Rakete ab. Als sie in Höhe des Fensters war, schaute der Kosmonaut durch das Bullauge der Rakete. Jetzt war sich Tim sicher: Der Kosmonaut lächelte. Die Rakete wurde schneller und schneller. Immer höher flog sie in den klaren Nachthimmel, bis nur noch ein kleiner roter Punkt zu sehen war.

Tim schloss das Fenster und kroch glücklich in sein kuschelig warmes Bett zurück. Er schlief schnell ein. Dabei hatte er ein seliges Lächeln auf den Lippen.

# Heiligabend im Weltall

Schneeregen fällt an die Fensterscheiben des kleinen Schnellrestaurants. Der nasse Schnee schmilzt sofort und rinnt in dünnen Fäden die Scheibe hinab. Im müden Licht der Außenbeleuchtung wirkt alles noch trostloser. Die erikaviolette Sonne ist vollständig von den Wolken verdeckt, der pastellblaue Mond hat heute auch keine Chance, gesehen zu werden. Heiligabend hatte ich mir doch etwas anders vorgestellt.

Der Kaffee vor mir ist inzwischen kalt. Er ist so süß, würde ich nicht umrühren, bliebe der Löffel einfach stehen. Und so drehe ich gedankenverloren den Löffel Runde um Runde, bis mich Blicke vom Nachbartisch fast tödlich verwunden. Ich höre auf, lächle entschuldigend und überlege, wie ich meine Blockhütte wieder in Gang bekomme. Ja, meine Blockhütte. Das mag jetzt etwas befremdlich klingen, aber die Hütte hatte ich vor Jahren einem Tüftler abgekauft. Er hatte sie zum Raumschiff umgebaut, als Antrieb nutzte er den eingebauten Kachelofen, und so fliegt die Blockhütte mit dem Schornstein nach unten durch das All. Damit rettete er einst seine beiden verschollenen geglaubten Brüder vom Quarkstern. Aber das ist eine andere Geschichte.

Jedenfalls muss ich schnellstens den Antrieb der Blockhütte reparieren, um rechtzeitig zum Abendessen wieder zu Hause zu sein. Großmutter versteht keinen Spaß, wenn man zu spät zum Essen kommt. Gerade am Heiligabend. Die Bescherung könnte ich dann auch vergessen.

Eigentlich ist nur die Ofentür zerborsten und die Kohlen, die als Treibstoff dienen, sind durch meine kleine Odyssee durch das All fast aufgebraucht. Aber woher sollte ich auf diesem winzigen Planeten, der zum Großteil aus heimtückisch süßen Marmeladensümpfen und einer unendlichen Mehlwüste bestand, eine gusseiserne Ofentür und Kohlebriketts bekommen.

Als ich bezahle, frage ich die Bedienung nach einem Trödler oder Gebrauchtwarenhändler. Er grinst verschmitzt, gibt mir aber bereitwillig Auskunft. Gleich rechts an das Restaurant grenzt ein Weg mit Marzipanginster, den solle ich entlanggehen, bis zur großen Bockwursteiche, mich dort links halten, bis man an eine hohe Lebkuchenhecke gelangt. Dort würde ich bestimmt finden, was ich suche.

Ich zahle, bedanke mich und verlasse das Restaurant. Draußen schlägt mir der Regen ins Gesicht. Er schmeckt nach Erdbeeren. ›Es könnte ruhig etwas mehr nach Weihnachten schmecken‹, denke ich, während ich im safrangelben Schein der Restaurantaußenbeleuchtung rechts auf den Marzipanginsterweg abbiege.

Ein wenig später passiere ich die Bockwursteiche, und in der Tat: Kurz darauf umgarnt, trotz des Regens, ein irrer Duft von frischen Lebkuchen meine Nase. Hinter der Hecke steht ein Pfefferkuchenhaus, wie man es aus den alten Märchenbüchern kennt. Fasziniert trete ich hinein, und im Inneren eröffnet sich mir ein überbordender Trödelladen. Offenbar habe ich die Vorratskammer des Universums gefunden. Hinter dem Tresen rennt geschäftig ein schwarzblaues dürres Teufelchen mit drei goldenen Haaren auf dem Kopf hin und her.

Vor lauter Staunen bin ich kurz sprachlos, dann erzähle ich ihm meine Nöte. Nachdenklich streicht er sich über seinen nicht vorhandenen Bart. »Da muss ich schauen, vielleicht habe ich noch eine Ofentür vom Typ ›Sibirischer Winter‹ im Eisenwarenregal. Briketts kannst du auch bekommen, die hat mir ein seltsam gekleideter Mann vor über vierzig Jahren als Bezahlung für fünf Dosen Dorschleber und sieben Tafeln Luftschokolade gegeben. Aber eigentlich brauchte ich diesen Brennstoff nicht. Wir feuern hier mit gepresster Zuckerwatte.«

So trage ich wenig später in der linken Hand eine gusseiserne Ofentür und schultere rechts einen Sack, in dem sich originale REKORD-Briketts im Format Halbstein H105 aus dem VEB Braunkohlenkombinat Senftenberg befinden. In der Hosentasche steckt sorgfältig verpackt das Geschenk für Großmutter. Das hat mir das Teufelchen mit einem Augenzwinkern in die Hand gedrückt.

Meine Blockhüttenrakete war nahe der Mehlwüste notgelandet, und inzwischen ist sie eingeschneit, genauer gesagt: eingemehlt. Immerhin sieht das nach Weihnachten aus. Ich schließe die schwere Holztür auf und fange sogleich an, die Ofentür auszutauschen. Die neue Tür passt ausgezeichnet an meinen Kachelofenantrieb. Nun schnell noch die Kohlen ins Ofenloch geworfen. Schnell erzeugen sie eine große Hitze und dann starte ich unspektakulär, eine lange Mehlfahne unter mir her wehend. Nachdem ich die Wolkendecke durchbrochen habe, kann ich doch noch den pastellblauen Mond bewundern.

Ich lande in Großmutters Garten direkt neben dem großen Kirschbaum. Wahrscheinlich hat nicht mal jemand mitbekommen, dass ich weg war. Schnell renne ich zum Wohnhaus und komme gerade noch rechtzeitig zum Kartoffelsalat mit Würstchen und extra viel Senf. Großmutter schimpft zwar etwas, wo ich mich wieder herumtreibe. Aber nachher zur Bescherung, wenn ich ihr das sonnengeblümte Seidentuch des Teufelchens schenke, welches im Licht glänzt, als wäre es mit goldenen Haaren durchwirkt, wird sie bestimmt nicht mehr böse auf mich sein.

# Der Geschenkestress oder: Warum feiern wir eigentlich Weihnachten?

Der Heiligabend ist nun auch wieder Geschichte. Wochen, wenn nicht gar Monate vorher begannen die Vorbereitungen mit den Gedanken: Was schenke ich wem? Letztendlich haben wir wieder einmal vieles kurz vor knapp gekauft, in der Hoffnung, es gefällt dem Beschenkten auch.

Ich erinnere mich an ein Jahr – mein Sohn war acht, meine Tochter sechs Jahre alt –, in dem ich einmal ziemlich zeitig begann, meine Antennen für die Wünsche meiner Kinder auszustellen und nach reichlichem Überlegen einzukaufen. Natürlich nicht alles, was sie wollten, sondern nur das, was sie am meisten begehrten. Das waren das Prinzessinnenschloss für meine Tochter und der Bagger von LEGO Technik für meinen Sohn.

Der Heiligabend rückte näher und näher. Dann war er plötzlich da. Das Kaffeetrinken war vorüber, leichter Schneefall setzte ein. Perfekt für einen Heiligabend wie aus dem Bilderbuch. Die Kinder wurden unruhig und fragten, wo denn der dicke Mann mit dem roten Mantel wohl bliebe. Im Kinderzimmer malte ich mit den beiden noch Winterbilder. Immer wieder kam die Frage nach dem Weihnachtsmann. Meine Tochter kletterte auf das Fensterbrett und sah nach draußen. Keine Menschenseele war zu sehen. Die Sprösslinge wurden immer ungeduldiger, und sie steckten mich damit an.

Plötzlich ein Klopfen an der Tür, als würde jemand mit einem Reisigbesen dagegen schlagen. Tatsächlich: Es war der Weißbärtige in voller Schönheit. Nachdem er die Missetaten und natürlich auch die guten Seiten der Kinder erörtert und sich die gelernten Lieder und Gedichte der beiden angehört hatte, gab es endlich die Geschenke. Voller Neugier und gespannter Erwartung wurde das Papier aufgerissen, um den Inhalt zu erspähen.

Dann dieses Leuchten in den Augen. Der Moment, auf den sich die Erwachsenen die ganzen Wochen gefreut haben oder auch in Sorge waren, ob die auserwählten Gaben auch die richtigen seien. Sohn und Tochter waren glücklich, wie Sterne strahlten ihre Augen. Ihre Wünsche waren erhört worden. Ein Stein fiel mir vom Herzen.

Deswegen feiern wir also Weihnachten. Wegen des Zaubers der glücklichen Kinderaugen. Das ist ein Gefühl, das die Erwachsenen glücklich macht. Dafür lohnt sich der ganze vorweihnachtliche Stress.

Ach ja, das Zusammenbauen des Baggers hat übrigens knapp zwei Stunden gedauert (und ich hatte natürlich auch meinen Spaß dabei).

# Kartoffelsalat und Heiligabend – Krieg und Frieden

Nun sind es noch vier Tage bis Heiligabend. Langsam macht sich im Land Unruhe breit, schließlich müssen die ganzen Zutaten für die Weihnachtsfressorgien besorgt werden. Zuerst kommt dabei der seit Generationen traditionelle Kartoffelsalat am Heiligabend an die Reihe. Diejenigen, die ihn lieben, wollen immer nur Omas Kartoffelsalat futtern. Diejenigen die ihn hassen, boykottieren diese Tradition.

Doch der Großteil der mir bekannten Bevölkerung pflegt sie. Jedoch birgt der eigentlich schnöde Kartoffelsalat jede Menge Zündstoff. Neben regionalen Unterschieden hinsichtlich der Zutaten gibt es natürlich die bestgehüteten Familienrezeptgeheimnisse. Aber in einem sind sich wenigstens alle einig: Hauptbestandteil sind Kartoffeln, festkochend. Vorrangig Pellkartoffeln wegen der appetitlichen gelben Farbe.

Sind die geschälten, noch warmen Kartoffeln in dünne Scheiben geschnitten, stellt sich die erste Glaubensfrage: Kommt Wurst in den Salat oder nicht, und wenn ja, welche? Sollte es gewürfelte harte Wurst, Fleischwurst (Geflügel? Schwein?), Jagdwurst, Kochschinken, Speck sein? Oder Matjes oder gar grüne Heringe? Manchmal ist der Familienfrieden schon an dieser Stelle dahin.

Dann kommen die sauren Gurken dran, fein in Würfel geschnitten. Aber natürlich nur eigene Ernte oder die Echten Spreewälder. Man will ja nur das Beste. Weiter geht es mit den Zwiebeln (rote oder weiße?) oder doch Schalotten? Auf jeden Fall schön kleingehackt sollen sie den Kartoffelsalat geschmacklich verfeinern. Fein zerkleinerter Knoblauch könnte auch den Weg in die Schüssel finden. Ein geschälter und kleingewürfelter Apfel bringt Frische und Vitamine in den Salat. Gekochte, gewürfelte Eier sind auch gern gesehene Gäste im Kartoffelsalat. Aber auch hier herrscht enormes Streitpotenzial. Manche Küche musste dahingehend sicher schon viel aushalten.

Der größte Knackpunkt, der wohl auch schon ganze Familienweihnachtsabende verdorben hat, ist das Dressing. Nimmt man nun Mayonnaise, Joghurtsauce, Naturjoghurt, saure Sahne, Crème fraîche, Schlagsahne oder eine Vinaigrette aus Öl, Essig und Gurkenwasser? Oder von jedem ein bisschen? Oder greift man profan zum Fleischsalat, denn da ist die Wurst ja schon drin?

Um einem Gewürzdilemma aus dem Weg zu gehen, sollte der Einsatz von Salz, Pfeffer, Senf, Zucker, Kümmel oder Balsamico im Groben abgesprochen werden. Es gibt da nämlich Befindlichkeiten, auch als Allergien bekannt. Dekorative Vitamine, wie Schnittlauch oder Petersilie, runden den Salat vor dem Servieren ab. Aber da sind der Fantasie des Salatkreativen keine Grenzen gesetzt.

Dann sollte man alles schön umrühren und einen Tag ziehen lassen. Gut, ein wenig kosten sei erlaubt. Wenn es schmeckt, kann das Kriegsbeil auch wieder unter dem Küchenschrank begraben werden, wenn es denn überhaupt hervorgeholt wurde. Vor dem Weihnachtsabend sollte zudem die Frage geklärt werden, was zum Kartoffelsalat gereicht wird: Bockwurst? Wiener Würstchen (Eigendarm? Schäldarm?)? Chiliwiener? Käseknacker? Pferdewürste?

Übrigens, genau eine Woche nach Heiligabend ist Silvester. Auch da gibt es vielerorts die Tradition, Kartoffelsalat zum Abendbrot zu kredenzen. Aber vielleicht kann man da einen Nudelsalat machen. Wobei … da stellt sich direkt die Frage nach den Teigwaren: Hartweizennudeln? Bionudeln? Eierteigwaren? Spinatnudeln?

Egal, was letztendlich auf dem Tisch steht: Ich wünsche allen Guten Appetit und vor allem ein friedliches und erholsames Weihnachtsfest!

# Last Christmas – alle Jahre wieder

Weihnachten, das Fest der Liebe, der Familie, des Essens und der heimeligen Musik. In Wirklichkeit gibt es meist familiären Streit, Völlerei und »Last Christmas« in Dauerschleife. Hätten George Michael und Andrew Ridgeley die Tragweite ihres Songs jemals ermessen können? Nein, es war ihnen nicht bewusst, welches »Monster« sie da erschaffen hatten. Ein scheinbar zeitloses Liebeslied, welches in einer Art Perpetuum mobile die Menschheit seit mehr als 35 Jahren regelmäßig in der Adventszeit heimsucht.

Überall begegnet es uns im Radio, im Kaufhaus, auf öffentlichen Toiletten, an den Glühweinbuden der Weihnachtsmärkte und natürlich in den Wohnungen weihnachtskonditionierter Menschen. Man liebt oder hasst dieses Lied, es bleibt dennoch ein Ohrwurm. In der Weihnachtszeit kann man sich diesem Dauerbrenner einfach nicht entziehen. Hand aufs Herz: Irgendwann hat jeder diesen Song gut gefunden und sei es nur für einen klitzekleinen Augenblick.

Man hörte von Menschen, die mitten in der Nacht schweißgebadet aufwachen, weil sie im Traum beim Neudreh des Videos mitspielen mussten. Gerüchte sprechen von Fällen blutender Ohren nach dem Hören des Songs. Geheimdienste sollen den sechs Minuten langen »Pudding Mix« nutzen, um Geständnisse zu erpressen. Familienfeiern eskalierten, während der Song im Radio lief. Von Beziehungsdramen ganz zu schweigen.

Dennoch ist der Song ein Riesenerfolg. Seit 1984 fließen jährlich etwa 8 Millionen Euro Tantiemen in den Nachlass des leider zu früh von uns gegangenen George Michael. Er war Komponist des Stückes, und sein Ex-Band Kollege Andrew Ridgeley geht leer aus. Tragisch, aber wahr.

Kurioserweise erklomm der Song von Wham! nie die Spitze der Charts, denn im Dezember 1984 nahm »Do they know it's Christmas« des Bob-Geldof-Projektes »Band Aid« die Spitzenstellung ein, womit der dritte Weihnachtshit »The power of love« von Frankie goes to Hollywood vom Thron auf den dritten Platz verdrängt wurde. Anfang Januar 1985 war Weihnachten dann kein Thema mehr und Foreigner schnellten mit ihrer sehnsüchtigen Ballade »I want to know what love is« auf den Spitzenplatz. Dennoch wurden allein im ersten Jahr 1,6 Millionen Tonträger von »Last Christmas« verkauft. Für ein saisonales Lied ist das Weltklasse.

In diesem Sinne: Lassen wir die Glöckchen klingen und singen alle gemeinsam voller Inbrunst: »Last Christmas, I gave you my heart, but the very next day you gave it away …«

*Exkurs: Im Video sind Helen »Pepsi« DeMacque und Shirlie Holliman zu sehen, die zu jener Zeit Backgroundsängerinnen von Wham! waren. Nach Auflösung von Wham! fanden sie sich als Pepsi & Shirlie zusammen und hatten im Jahr 1987 Hits wie »Heartache« (Platz 2 in UK) und »Goodbye Stranger« (Platz 9 in UK). Wer genau hinschaut, erkennt im Video Martin Kemp (Bassist von Spandau Ballet), der im Jahr 1988 Shirlie Holliman heiratete. Musik verbindet eben.*

Die nachfolgenden Ereignisse beruhen auf einer wahren Begebenheit. Manche sagen jedoch, es wäre eine urbane Legende. Aber das soll jeder selbst entscheiden.

Es waren zugegen: eine alleinerziehende Mutter mit ihren drei Kindern (K1, K2 und K3) sowie die Eltern der Mutter.

*23. Dezember, 9:37 Uhr.* Es ist das sechste Weihnachtsfest, das ich nur mit den Kindern und meinen Eltern verbringen werde. Dieses Mal gibt es keinen Baum, obwohl mich meine Mutter penetrant per WhatsApp nervt, sie wünsche sich so sehr einen geschmückten Weihnachtsbaum, sie könne sich aber nicht darum kümmern, da sie so viel Stress mit den Vorbereitungen habe. Ich atme tief durch. Dort, wo letztes Jahr der Baum stand, hat sich das Klavier der Tochter (K1) breitgemacht. Eigentlich ist es ein E-Piano und gehört mir. In der Wohnung ist also kein Platz mehr für einen Baum, nicht mal für eine Topfpflanze. Außerdem habe ich gar keinen Baumständer.

»Hast du keine Freunde, die dir heute einen Baum fahren können?«, schreibt Mutter. Nein, ich habe keinen Telefonjoker und auch kein Auto. Mein Ass im Ärmel sind monströse Knieschmerzen und Ibu 600 zum Frühstück. Plötzlich sehe in Gedanken den vorwurfsvollen Blick meiner Mutter vor mir und gehe dann doch den Baum kaufen. Eigentlich wollte ich nur die wichtigsten Lebensmittel besorgen, ein Baum stand nicht auf dem Einkaufszettel. Aber streng genommen ist der Baum auch essbar. Zumindest für Elefanten.

*13:49 Uhr.* Einige tausend Schritte später bin ich wieder zu Hause. Die Taschen voller Futter. Die Knie schmerzen. Ich habe solch einen Hunger, ich könnte direkt alles aufessen. Den Baum habe ich doch nicht gekauft. Das wird morgen ein besinnlicher

Heiligabend. Mutter fragt via WhatsApp, ob ich jetzt einen Baum hätte. Ich verneine resigniert und kaue in aller Ruhe den vierten Lebkuchen. Eine knappe Stunde später schreibt Mutter, sie habe einen kleinen Baum gekauft und ich solle auf dem Dachboden nach dem Ständer suchen. Ich würde gern intuitiv antworten, aber ich wurde gut erzogen. Inzwischen sind die Kinder wieder zu Hause und leeren ihre Adventskalender. Eine Frage: Wie lange kann man Sektflaschen im Tiefkühlfach lassen, bis sie zerplatzen?

Heiligabend. Kurz nach dem Frühstück. Ich bin auf dem Dachboden gewesen, um nach dem Baumständer zu schauen. Ich habe keinen Baumständer. Wahrscheinlich hatte ich mal einen, weil ich mir einen ausgeliehen hatte. Die Kinder wuseln um mich herum und sind aufgeregt. Mittags hat keiner so richtig Hunger. Ich versuche, die Wohnung noch ein wenig weihnachtlich zu dekorieren.

*14:27 Uhr.* Noch eine halbe Stunde, dann wollen meine Eltern eintreffen. Doch es klingelt schon. In der Tür stehen meine Eltern, der Baum und ein Baumständer. Der Stamm ist zu dick für den Ständer. Ich reiche eine Runde Schnaps. Wenig später steht die Blautanne schief in einem großen Tontopf, der mit Erde gefüllt ist. Mein Vater möchte den Baum rund schneiden. Meine Mutter steht schwer atmend mit der Gartenschere daneben. Nun schmücken K1 und meine Mutter den Baum. Und vielleicht setze ich mich mit einer Decke auf den Balkon und trinke Glühwein. Aber draußen ist einfach zu kalt und zu windig. Die Dekoration wird an drei von 27 Ästen aufgehängt. Der Baum kippt leicht. K2 motzt, weil … Das weiß er selbst nicht und wir auch nicht.

*15:32 Uhr.* Mutter hat schon schlechte Laune. Vater und ich sind schon beim zweiten Glühwein. Vater fragt, ob wir die

Wohnzimmertür zuschließen wollen, damit niemand hineingehen und die Geschenke sehen kann. Ich denke an den seltsam geschmückten Baum. Vater denkt an die Geschenke. K2 denkt an meine Mutter. Dritter Glühwein. Mutter isst Lebkuchen, der Stuhl, auf dem sie sitzt, knackt verdächtig.

*17:51 Uhr.* Die Kinder nörgeln, weil sie ihre Geschenke öffnen wollen. Ich habe Durst und muss etwas trinken, bevor ich mich neben dem Baum setze. Vater will jetzt Weihnachtslieder singen. Vor Aufregung können die Kinder kaum singen oder Gedichte aufsagen. Mutter ist den Tränen nahe, weil die Lebkuchen alle sind. Vater legt jetzt eine Weihnachts-CD ein. Aus den Boxen tropft »Süßer die Glocken nie klingen«, gesungen von einem bekannten Knabenchor.

Mutter fragt, ob ich die Geschenke eingepackt habe. K1 und K2 rollen laut hörbar mit den Augen. Ich trinke noch einen Schluck Glühwein, bevor ich antworte. K2 und K3 haben ihre ersten Geschenke nun schon ausgepackt. LEGO. Es scheint, als gäbe es ein Happy End. Inzwischen wird Vater unruhig, weil der Glühwein alle ist. K1 weint, weil sie sich auf dem E-Piano verspielt hat. Mutter guckt starr auf den Baum. Ich habe Hunger.

Nun bin ich an der Reihe mit einem Gedicht aufsagen. Das klappt trotz mehrerer Glühweine recht gut. K3 überreicht mir dafür eine Baumscheibe mit einem Herz in der Mitte, welches sicher mühsam mit dem Stechbeitel im Werkunterricht gehauen wurde. Zumindest habe ich in den letzten Wochen keine Wunden an den Händen von K3 entdeckt. Während ich mich freue, überlege ich, hinter welche Bücher ich es ins Regal stellen kann.

Um mir Zeit zu verschaffen, trinke ich meinen Glühweinbecher aus. K2 schmollt, weil es etwas singen, aufsagen oder mit der Gitarre spielen soll, um weitere Geschenke zu erhalten. Er sitzt im Sessel und zupft an der Gardine. Ich verschlucke mich am Glühwein, weil die Gardinenstange leicht aus der Wand bricht. Mutter schüttelt den Kopf. Vater hat jetzt auch Hunger. Die Tochter weint, weil sie nur drei Geschenke von einem beidseitig beschriebenen Wunschzettel bekam. Um etwas Ruhe zu schaffen, zünde ich eine Räucherkerze an.

*18:24 Uhr.* Mutter ist leicht genervt, weil sie keinen Alkohol trinken kann, da sie nachher fahren muss. Vater gießt sich das erste Glas Sekt ein, denn der Glühwein ist nun alle. Die Kinder motzen, weil sie erst nach dem Abendbrot die Geschenke auf- und zusammenbauen dürfen. Ich werde fast ohnmächtig vor Hunger. Vater baut das Fondue-Ensemble auf. Er wird unruhig, weil der Käse nicht flüssig wird. Mein erstes Glas Sekt ist auch schon alle. Vater stellt einen Plastikteller auf die Herdplatte. Die ist allerdings noch warm, weil bis eben der Kinderpunsch dort erwärmt wurde. Nun sitzen wir in leichtem Nebel in der Küche, und es riecht nach verschmortem Kunststoff. Lüften reicht nicht, ich brauche mehr Räucherkerzen.

*19:11 Uhr.* Wir sitzen wieder am Tisch und schauen erwartungsvoll auf den Fonduetopf. Plötzlich bricht der Käse auf und Fleisch sowie das Brot gehen unwiederbringlich im Käsesee unter. Wir stochern in einem Massaker aus Käse, Brot und Wurst. Es ist sehr besinnlich. Irgendwie essen wir diese Masse, aber danach ist mir schlecht. Mutter spült inzwischen das Geschirr in der Küche, Vater gibt kluge Ratschläge, wie man Geschirr richtig abwäscht. Mutter atmet schwer. Der Sekt passt nicht in die Kühlschranktür und nun muss ich ihn austrinken. Zufälle gibt es.

*20:05 Uhr.* Endlich dürfen die Kinder ihr LEGO aufbauen. Ich habe schon wieder Durst. K2 rennt in Richtung Küche, bleibt dabei unglücklich am Baum hängen, der Baum kippt. Mutter schreit auf. Vater verschluckt sich am Sekt. Der Baum bleibt stehen. Mein Weihnachtswunder. Vater kratzt plötzlich den Fonduetopf mit einer Metallgabel aus. Mutter weint. Die Stimmung kippt endgültig, wie eben der Baum. Meine Eltern wollen gleich gehen. Sie wollen nicht mehr bis zum Schokoladenfondue bleiben. So schnell, wie sie kamen, sind sie auch wieder weg.

*21:24 Uhr.* Nun sitze ich hier im Sessel, satt und betrunken. Die Kinder müssen allein den Weg ins Bett finden. Alles in allem war es ein schöner Heiligabend. Fröhliche Weihnachten!

# Das Geschenk

»Heute wird es einen Schneesturm geben,« prophezeit der Vater und legt ein paar Scheite Holz in den Kachelofen. Durch die offene Ofentür sieht Paula die Flammen lodern. Traurig schaut die Siebenjährige zu ihrem Schreibtisch, auf dem die selbstgebastelten Wichtel aus Tannenzapfen und der Schlitten aus Zweigen stehen, der mit Eicheln und Kastanien gefüllt ist. Ihre Augen füllen sich langsam mit Tränen.

Der Morgen ist noch jung an Heiligabend auf dem Bauernhof weit oben in den Bergen. Die Mutter bereitet das Frühstück und Anton, Paulas kleiner Bruder, spielt auf dem Esstisch mit zwei Holzautos. Eigentlich wollte die Familie nach dem Mittagessen den Berg hinunter ins Dorf gehen, um gemeinsam mit Onkel, Tante, deren Kindern sowie den Großeltern die Christmette zu besuchen. Anschließend war das traditionelle Abendessen und die von den Kindern langersehnte Bescherung geplant. All das war nun nicht mehr möglich. Paula laufen Tränen die Wangen hinab, sie stellt sich ans Fenster und sieht durch die Eisblumen hindurch auf den stärker werdenden Wind. Noch tanzen die Schneeflocken munter umher. Nur ab und zu bringt eine Windbö das Ensemble durcheinander. Mutter ruft zum Frühstück.

Nach dem Essen hilft Paula der Mutter beim Abwasch. Die Mutter hat bereits während des Frühstücks gemerkt, dass ihre Tochter traurig ist. Sie nimmt Paula in den Arm und tröstet sie: »Heute Nachmittag setzen wir uns alle an den Kachelofen und lauschen Vater, wenn er uns Weihnachtsgeschichten vorliest.« Das heitert Paula nicht sehr auf. Sie wollte so gern ihre Geschenke heute bekommen. Doch diese warten unten im Dorf. Während Mutter den Eintopf für das Mittagessen bereitet, schaut Paula dem Schneetreiben zu. Der Wind ist stärker geworden, und es pfeift um das Dach herum, als würde jemand laut und falsch auf einem Blasinstrument spielen.

Vater war noch kurz vorm Haus, um Holz zu holen. Gerade kommt er zur Tür herein, klopft sich den Schnee von der Jacke und lächelt Paula zu. Anton spielt wieder mit seinen Autos auf dem Küchentisch. Er hat aus Holzbausteinen einen kleinen Tunnel gebaut, wo er die Autos nun mit einem lauten »Brumm, Brumm« hin und her fährt. Paula setzt sich zu ihm und faltet Schneeflocken aus Papier.

Mutter hängt die Papierkristalle nach dem Mittagessen an das Küchenfenster. Wegen des Schneesturms ist es bereits am frühen Nachmittag draußen ziemlich dunkel. Paula darf die Kerzen der Weihnachtspyramide anzünden. Es gibt Tee und selbstgebackene Plätzchen. Die beiden Kinder haben es sich mit der Mutter unter einer Decke am Ofen gemütlich gemacht. Begierig lauschen sie den Worten des Vaters, der aus einem alten Buch Weihnachtsgeschichten mit tiefer und sonorer Stimme vorliest.

Schnell bricht die Abendzeit an. Der Sturm heult noch immer um das Haus und stemmt sich gegen die Fensterscheiben. Doch sie halten dem Drücken und Zerren stand. Nur manchmal flackern die Kerzen ein wenig, wenn eine allzu starke Bö den Weg durch eine winzige Fensterritze gefunden hat.

Das Abendbrot verläuft in gedrückter Stimmung, trotz des leckeren Kartoffelsalates, den die Mutter noch am Vormittag zubereitet hat. Paula geht gleich nach dem Mahl in ihr Zimmer. Anton hilft der Mutter, Äpfel auszuhöhlen, und schon bald zieht lieblicher Bratapfelduft durch das Haus. Vater sitzt ebenfalls am Küchentisch und knackt Walnüsse. Paula hingegen hockt traurig an ihrem Schreibtisch und schaut die Zapfenwichtel und den

Holzschlitten an. Jetzt, zu dieser Zeit, wäre die Bescherung gewesen. Dann schweift ihr Blick zum Fenster. Im Kerzenlicht erscheinen die Eisblumen noch zerbrechlicher als bei Tageslicht. Der Sturm wirft immer wieder Schneeflocken an das Fenster.

Doch plötzlich klopft etwas sanft gegen die Scheibe. Paula erschrickt. »Das war kein Schnee und auch kein Wind«, flüstert sie und geht vorsichtig zum Fenster. Dort sitzt eine vom Sturm zerzauste Elfe auf der Spitze einer Eisblume und lächelt Paula an. Das Mädchen ist wie erstarrt von dem, was sie da gerade sieht. Dann lächelt sie zaghaft zurück und ihr wird klar: ›Das schönste Geschenk ist, diesen besonderen Tag gemeinsam mit der Familie zu verbringen.‹

Sie schaut noch einmal zum Fenster, doch die Elfe ist verschwunden. Paula presst ihre Nase an die Scheibe, doch sie sieht nichts als Dunkelheit und Schneeflocken, die an die Scheibe fallen. Dann rennt sie freudestrahlend in die Küche, herzt Vater, Mutter und ihren Bruder, der überhaupt nicht weiß, wie ihm geschieht. Kurze Zeit später liegt Paula im Bett und lächelt im Schlaf.

# Zum Schluss gibt es noch Schokolade

Ich danke allen Freunden, Bekannten und Bloglesern, die mich zu diesem Buch ermutigt haben. Großer Dank gilt meiner Familie, allen voran meinen Kindern, Anton und Paula. Ihr wart und seid mir ein nie versiegender Quell der Inspiration und macht nicht nur meine Texte bunt.

Vielen Dank an Sandra für Umschlaggestaltung und Buchsatz. Eine lebendigere grafische Umsetzung meiner Texte hätte ich mir nicht träumen lassen. Gesine erfährt meine größte Hochachtung für das Lektorieren und die versteckten Aufmunterungen in den Korrekturkommentaren (Deutsch ist und bleibt eine schwere Sprache).

Ein großes Dankeschön an euch da draußen, dass Ihr euch auf meine Welt eingelassen habt. Ich freue mich, dass ich sie mit euch teilen darf.

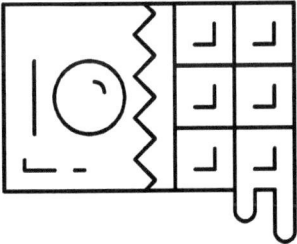